浮城

Drifting in City

郭 忆◎著

中国文联出版社
http://www.clapnet.cn

图书在版编目（CIP）数据

浮城 / 郭忆著 . -- 北京 : 中国文联出版社，2015.8 （2025.4重印）
ISBN 978-7-5190-0168-1

Ⅰ . ①浮… Ⅱ . ①郭… Ⅲ . ①长篇小说 – 中国 – 当代 Ⅳ . ① I247.5

中国版本图书馆 CIP 数据核字（2015）第 190842 号

浮城

作　　者：郭　忆
出 版 人：朱　庆
终 审 人：奚耀华　　复 审 人：王　军
责任编辑：郭　锋　　责任校对：刘晓红
封面设计：凤凰树文化　　责任印制：陈　晨
出版发行：中国文联出版社
地　　址：北京市朝阳区农展馆南里 10 号，100125
电　　话：010-65389139（咨询）65067803（发行）65389150（邮购）
传　　真：010-65933115（总编室），010-65033859（发行部）
网　　址：http://www.clapnet.cn
E-mail：clap@clapnet.cn　　guof@clapnet.cn
印　　刷：三河市宏顺兴印刷有限公司
装　　订：三河市宏顺兴印刷有限公司
法律顾问：北京市天驰洪范律师事务所徐波律师
本书如有破损、缺页、装订错误，请与本社联系调换
开　　本：710 × 1000　　1/16
字　　数：126 千字　　印　张：11.25
版　　次：2015 年 11 月第 1 版　　印　次：2025 年 4月第 3 次印刷
书　　号：ISBN 978-7-5190-0168-1
定　　价：32.00 元

自 序

世事皆有缘。一如是次，原本不想自序。

在我出版第一部集子时，曹阳先生（原《萌芽》主编）欣然赐序。这一次，文稿都已送至老先生的案头，不巧的是先生贵体抱恙。不做他求。在此，通过自序，送上我对先生的诚挚祝福与感恩。

岁月不居。初识老先生，还是在宝钢集团举办的一个作家研讨班上。那时候，承蒙宝钢的高彦杰老师提携，我由此结识了先生。翌年夏日，我和另一位文友去上海的五原路拜访了他。现在想来，已有18年！

时光如白驹过隙，任谁也不能挽留。想起那年先生带我去拜访103岁的老作家罗洪先生时，望着桌上巴金老人的相片，遥想五四风云，不期人间已到了此时此景！百年岁月，亦不过长河中浪花一朵。

转眼，先生更加的老了。而我，或算是他的关门弟子了。尽管，他早已退休。可是，老先生这些年里不遗余力，总是让我动容。

那时候，他一直希望我加入上海作协，甚至亲自为我写信，言辞恳切处，老一辈文化人骨子里的那份热忱，尽显笔端。除了感动，我又能说些什么？我也没有告诉他，其实这之前我已加入了山西作协。而且，我更知道，对于一个人来说，这些挂靠实在没有太多的意义。或许，能说明一个写作者得到了一个组织的认可？然而，更加需要认可的，显然是基于作品之上的那些读者们。况且，写作亦如浮云。作为一个人，更重要的是，你自己到底是怎样地思考与生活着?

后来，有这样的一段日子，工作与生活的种种，让我很少动笔。为了不让我放弃，先生还给我寄来《文学报》的订阅券。随来的信，一笔一划，总是那样的工整、认真，让我久久不忍放下，无法释怀。因为，我触摸到的是那个时代知识分子的情怀。

在我的家里，至今存有两幅先生送我的书法，取义：正气昊然。我家的大孩子名正，小的名昊。其实，我给孩子们取这样的名字时，何尝不是一种自我鞭策?

显然，这个时代不全是鞭策中所想的样子。一如在《浮城》里，没有一个让你觉得完美的人生。甚至，那个年轻人马甲，在人生的道路上如此纠结不堪。然而，我还是这样地写着这个时代的样子。

在《浮城》里，没有跨越百年的沧桑，也没有宏大的叙事，亦没有重量级的人物。我很愿意说，我是在给这个世界上那些如我般平凡的人创造一些可能出镜的机会。他们影响不了历史。来了，或者去了，了无痕迹。

从某种意义上说，我以为这些“小人物”，是值得书写的。即便我写不出老舍先生的祥子，也写不出德莱塞先生的珍妮，但是我相信，这个世界需要小人物。

而且，小人物是一个相对的概念。无论《史记》还是《汉书》，多半是王侯将相的传说。人类站在历史面前，整个社会呈现出一个金字塔式的结构。塔尖上的，少数。

我以为，一个美好的时代，应该是一个充满机遇与挑战的时代。它必趋向于天道酬勤，必趋向于善有善报，必趋向于整个社会向着公平、阳光、友爱的体制进发，必趋向于让那些小人物有着更多的“机缘”站上“金字塔”，实现自我的价值。

我感恩于这个时代，感恩这个时代里那些善良而美好的人们。

我从一个小地方来到大上海，得到命运的眷顾，在这里上大学、谋生购房、娶妻生子。前段日子，接受一家自媒体采访时，我说：

我在微信朋友圈里发了个帖子：感恩、责任、梦想，就是人生。我注意到，我的老板“点赞”了。

说到底，人世间还有很多东西，不管是打工养家的我，还是数百亿资产的老板，或者其他人士，总有一些价值判断是大家彼此认同的，心灵深处相通的。

因此，无论小人物，还是超级巨人，皆是“平等正觉”。

平等正觉，我以为这是生而为人、人性有灵的最为可贵之处。

当您弯腰俯视地面，就会发现，许多诸如蝼蚁的生命正在忙碌，正在用心竭力地构筑美好的世界。

是以为序。

引　子

这里的每一个人，
都属于这座城市。
某年·某月·某日，
走过浮生，
互为风景。

上篇　马　甲

1

当柳晓君轻轻地走到我的跟前时，我还在聚精会神地浏览着八卦新闻。我突然感到肩膀上被连续地拍了两下，弹烟灰似的，抬起头，就看到了她。她嘻嘻一笑，然后说：“我的电脑上不了网。”

那是 2007 年的晚秋。我在上海的一家食品公司做 IT 技术支持。

我一边给柳晓君修复网络，一边和她闲聊。不知怎么，我们就扯到了打架的话题。我有些亢奋地说：“大三那年吧，为了一个女生，打到头破血流。”

柳晓君点头上下打量了我一番，用她那鉴定完毕的语气说：“马甲啊，好傻！”

“哈哈哈”，我一顿憨笑。

“追上了没？”

“没发现我是单的？”

“少来，大学里分手的少吗？”

嘿嘿。我不置可否。望着窗外，细雨蒙蒙，一切看上去稀里糊涂的。

而我和柳晓君的故事，也这样不咸不淡地开始了。

2

其实，我没有瞎说。大三那年，我被逐出了校门。

能够想象得到，这对一个涉世未深的年轻人，有多严重。

回想起来，我不好说我比窦娥还冤。想想那挨打的“高富帅”，眉毛上从此多出个伤疤，活像个邮戳似的。

那时候，我承认家里穷，我承认寒酸，我甚至承认内裤上有个该死的补丁竟然被他发现了，但是因此就不能追求女生吗？就要被他冷嘲热讽吗？我想我当时疯了，因此我说：“你他妈的，站住！”

其实，他并没有动，他们也都在哄笑，并不清楚我已“兽性大发”。然后，在众目睽睽下，一片慌乱尖叫声中，我一凳子上去就把那个“高富帅”撂倒了，他还没回过神儿。

“马甲杀人啦！”“快跑啊！”那天的文史楼，回荡着女生和男生们惊慌失措的尖叫声。那声音无比刺耳，多少年后，还在我记忆的上空飘荡、回旋，还原那样一个深秋午后的情景。

后来，据传他在医院里待了一个礼拜。他的家人没有找我，甚至都没有让我赔偿医药费。我不知道原因，是嫌我太穷说了也白说，还是觉得我变态不想再招惹我？

总之，学校息事宁人，好说好散。当我的辅导员给我讲了一大堆“条条大道通罗马”的励志故事后，在我已万分疲惫地期待他的总结呈词时，我得到了一个准确的消息：退学。

我是怎样浑浑噩噩地度过了那段万念俱灰的日子？我怎么可能会做出这样冲动鲁莽的事情？有天午觉后醒来，我就想，奇了怪，人的一生真不是个东西。

这个大三女生，和我都不怎么说话，我却因她丢了学业！这真的——不可理喻！

3

还是回到现实，继续我和柳晓君的故事吧。

第二天，我就有了一个绰号。远远地看见我，她就喊：“好傻，来一下！”

“啥事儿呢，好天真。”

“好傻，想不通，你每天开心啥呢？”

我慢条斯理地问：“世界上谁最开心？”

“谁？”

“傻子嘛。”我干脆利落地说。

当我转身走远了，背后还是柳晓君的笑声，像一个突然解开的大气球，要“扑哧”好一阵子。

不过，我不晓得柳晓君和她的老公正在闹——离婚。

在我眼里，这个 20 多岁的上海女人，就是年轻，就是——漂亮。

直到柳晓君约我时，我才知道摊上事儿了。

“好了，不哭了。”在咖啡店的一个角落里，柳晓君的眼泪还是感染了我。

“你愿意帮我？”

“说吧。”

柳晓君破涕为笑，“就知道你肯帮我呢！”

原来，她和老公共有的一套房屋，如今被老公出租出去了。而我，她希望我，要强硬地住进去宣示“主权”，甚至给“夺”回来。

现在，我必须下一个决定。可是，我实在不想搅和别人的家事。离婚，谁对谁错，真是不好说。

这是件很复杂的事。我告诉柳晓君，我还得想想的。

她用天下女人常用的那种哀怨的眼神告诉我，像押宝似的，除了我，她别无选择。

我并不心动地说：“我还得想想。”

4

这个世上，有多少种生活，大概就有多少种“逼不得已”。

没过几天，事情有了一百八十度的急转弯。

老家的父亲打架了。我的叔父打电话给我时，毫不含糊地说：“他又打人了，还在医院，快寄钱！”

“要多少？”

“七八千的，不能太少！”

这老头子，越来越喜欢打架！

我必须非常简要地介绍一下我的家庭。

这要从我那“大地主”身份的爷爷讲起。改革开放以前，大地主的儿子娶老婆，难度不亚于如今让大熊猫怀上个种。因此，当我那跛脚的母亲嫁给我的父亲时，父亲已经恭候了40多年。我父亲堪称知书达理，玉树临风。不过，这个倒霉蛋碰上的全是“寒风”。那时候，我的父亲母亲站在一起时，就像人参旁边种着黄芽菜，常让我想起两个字——命运。

现在，父亲这一仗，把我好不容易存下的一点儿老底全赔了进去。我在公司里做IT，一个月收入3000块不到，吃穿住行，就够养活自己。

这接下来怎么办？下个月到期后的房租，那是铁打的需求！

于是我对柳晓君说：“我想好了，一定要帮你一把！”

发出QQ消息后，我收到了她的QQ表情：一个侧身的小企鹅，嘴前一颗小红心，——那是一个飞吻。

那时候，我当然以为这有点儿暧昧。

5

真不知道，如果不是在这里认识宁小远，生活又会是什么样子？

我还能清晰地想起2007年的苏州河边。当我站在河边望上去时，柳晓君家房子的阳台上，几条女人姹紫嫣红的裙裾正在随风摆荡。那时候，我还不认识它们的主人——宁小远。

我们拎着大包小包爬了五层楼梯打开房门时，宁小远从房内走了出来，看到我们，怔在那儿，诧异地惊叫一声。

我到底吓了一跳。这是个看上去有点儿弱不禁风的女孩。她穿着宽大的睡衣，脸显得有些苍白，在这样的苍白所映衬下的眼珠，特别的黑亮。

“我的租客，以后住这儿。”柳晓君边说边去打开另一南向的房间，朝我歪歪脑袋，“这间租给你。”

宁小远没说话，好像还没明白怎么回事，站在客厅里若有所思。

房间里的设施相当齐全。当我打开窗门时，深秋的风涌进来，窗帘布被刮得啪啪作响。

“好好住吧。”柳晓君在笑。我喜欢看她的笑，那不是笑声，而是眼眸里的笑意。

我重重地倒在床上，直起身时，看见宁小远正站在门边。她声音不大，说：“这房子是李先生租给了我。”

柳晓君站在门前回话：“我同意了吗？房子我也有份！”

“李先生知道租给这位——先生吗？”说到“先生”时，宁小远看了我一眼，淡淡的，好像不具有任何的喜怒哀乐。

“我有必要汇报吗？”

“哦，不是这个意思。”

“那是啥意思？”

“只是你们——会影响我。”宁小远的脸上因了刚才这番“争执”而浮出了一丝绯红。

“那你找他吧。”柳晓君不太耐烦地说，转身面向我，却笑起来。

作为一名合租的房客，我除了吃惊，完全可以装出事不关己的样子，打开了电视。

宁小远没再说话，转身离开了，在打电话。

柳晓君走过来，低头看着我，“看你的啦。”

“想怎样？”我突然没心没肺地笑了，凑到她耳边说，“还是个美女，先怎样后怎样？”

“呸，你想得出！”柳晓君嗔笑一声，“好傻，你要为我演一次大三男青年！”

原来，在她眼里，我可以为她重复大三那年的“追求”，继续把别人打得头破血流。

她并不知道，这背后的代价。

6

难忘那个冬天。校园的梧桐树叶子稀里哗啦掉了一地，抬头看着那些光秃秃的枝丫，活像一把把刀剑，扎得我五脏六腑的疼痛。

来接我离校的是我中学时的同乡林大勇，他在这边打工。他拍着胸膛，“没啥，不上大学，看我，照样活得好好的！”

我一时不知该说什么了。

“马甲，留得青山在，不怕没柴烧！”

我是一个偏乐观的人，可是很想流眼泪，然而眼眶里那会儿却是干的。这说明我心里清楚，我不冤。“大勇，这事儿别说回老家！”

我想起家乡小镇上正以我为荣的父母。我的父亲教书育人，在小镇里十年如一日。父亲的世界里，说一不二，简单纯粹，属于临死前还要把帽子扶正的那种类型。那时候，家里隔三差五会冒出来吃饭的学生。吃完饭，父亲还会给他们补课。尽管家里入不敷出，母亲却也没有怨言，她从来不会干涉父亲的决定。我想，父亲是幸福的，至少在这一方面。

“放心吧，还信不过我？”大勇搂着我的肩膀。两个大男人并肩穿过四五座天桥、六七条马路，终于到了让他活得好好的地方：地下室。

他就是这样活得好好的！原来，每个人对“好好活着”的定义是不尽相同甚至截然相反的。

我实在无语，在暗无天日的地下室里浑浑噩噩睡了好多天，若有想，若无想。

有天，当我像阴雨多日后的蚯蚓，从泥土里钻出来时，就眯眼站在了一大片建筑工地上。那里，我望见夹着厚厚石板的塔吊，一次又一次地将重物吊到高处，反反复复，任劳任怨。

人的一生，能怎样呢？活着多像这塔吊，勒住石板是个常态。稍稍松懈呢，准他娘的出了大事。当然，那时候的我还想不到什么叫做一念成谶。

7

2007 年末，气温奇低。没几天，铺天盖地一场大雪下来了。

听说，这是 7 年来这座城市最大的一场。

在苏州河边的这套房子里，我开始想方设法。

这期间，柳晓君老公来过两次，他要找我谈谈，再谈谈。可是，有什么好谈的呢？

那时候，这个男人给我的印象，倒霉极了。当然，一年后，我想说人不可貌相。那时候，他那厚厚镜片里失意的眼神、蜡黄的脸色、深陷的额头，写着的就是一个字：累。

面对一个房客，一个同样觉得很是委屈的房客，他很没辙。

这让我比较满意，折腾走宁小远的好戏，在一幕幕上演。

周末，我在 QQ 里告诉柳晓君时，她显得很激动，“好傻，你真有才！没电了，咱们去烛光晚餐。”

“人家回来深更半夜的，晚什么餐，夜宵都凉了。”

“真没劲，联想一下不行？”

“行，锻炼脑细胞。”打出消息后，我突然扪心自问：马甲，你正在和一个离婚中的女人纠缠不清！你知道她为什么离婚吗？

然而，眼前再次浮现出柳晓君甜美的微笑时，我就懒得自问了。

行动很简单：换小配电箱的保险丝。

没想到那天宁小远很早回来了。那时候我正躺在客厅的沙发里，两条腿翘在茶几上晃荡呢。那时的“新闻联播”才刚过没一会儿，我把腿缩到沙发上，彼此招呼了一声。就在我犹豫是否要去开电热毯时，“吱”的一声，啥也看不见了。

“哎哟，没电了！”是宁小远的叫声。

“你开空调了吧？”我站起来大声问。

“是的，刚开。”这时候，就着手机的光线，她摸索着走出来，

“不会是停电吧？”

“你看，灯都亮着。”我抬手指了指窗外，以负责的态度说，“跳闸了，估计保险丝烧了。”

“怎么办？”她是那种很无助的语气。

“明天找物业吧。”

“晚上惨了！”她失望地说。

“真是冷！”我的回答不着边际。回房，关门点上蜡烛，我钻进被子里翻来覆去。那时候，室外正下着雪，室内没有电，也没有油灯，这样一个回归原始的夜晚，让我有些儿兴奋。

我想起冻死在雪地里的外公。大跃进时代，一天夜里喊去参加社会主义建设大会，就再也没有回来。过了几天，才发现老人家摔死在大雪的山沟里。

我还想起林大勇在上海那会儿。我从抽屉里摸出笛子。这是他的笛子。他没有更多的爱好，除了吹笛子。我后来相信，每个人都有属于自己的天赋，就是从大勇吹笛子开始的。

我又想起柳晓君……她怎么就结婚了呢？结婚后怎么又想离婚呢？如果她离婚了，接下来会怎么选择？她是不是喜欢我？对了，我会选择一个离婚的女人吗？我是有所期待发生些什么？这让我无限遐想。

这会儿，门口有敲门声。这声音让我从沉甸甸的往事中惊醒回来。

“马先生，有蜡烛吗？”是宁小远。

“哦？”我立马扑灭了床边的小蜡烛。

“我去买了，你拿几支吧？”

“哦！”此时，我没有理由不接受人家的蜡烛。爬起来打开房门时，烛光下是一张冻得有点儿发紫的脸，却正在微笑，还有递过来的两支——蜡烛。

“谢谢啊！”我的确有点儿言不由衷。

8

的确，那时候的我面对宁小远，表面上和平共处，暗地里却一直在蓄谋出手。简单说就是两个字：折腾。总之，我要折腾到她讨厌这套房子，撤退为止。

我不清楚宁小远的具体工作。有天晚上，迷迷糊糊中听到室外响声时，我打开房门，望见她正在洗手间里呕吐。我那善良的心态到底发生了作用，“你——怎么啦？”

她听到了，没抬头，摆摆手，竟然将洗手间的门关上了。看手机，已是凌晨两点多。

她到底从事什么职业呢？这让我有点儿好奇。

那时候的气温持续走低。在我居住的房间，电费势如破竹地飙升到400多块，这速度和那年底的股票跌停板似的。我给柳晓君看电费单，“能耗吧？”

那天是在火锅店，我们喝了点酒。柳晓君自我陶醉地摸着红彤彤的脸颊，呛了我一口，“嘿，你其实蛮小气！”

我不爽了，“你大方，那你付吧。”

“小气不是，一句玩笑你就生气了？”

我不由哈哈笑起来，这话犀利。

“好傻！”柳晓君把身子凑过来，轻声说，“如果你喜欢上一个人，你们却不能在一起，那咋办？”

隔着火锅上冒起来的热气，我隐约看见了柳晓君那双眯眯的眼睛，我的心就“咯噔”一跳。她喜欢谁呢？是暗示——我吗？

我压住胡思乱想，含糊地说："哈哈，那就喝酒吧，哈哈！"

"好，干杯！"我们一饮而尽。

"好傻，你怎么不早买房呢，你看这房价，窜了几倍？"

"哦，还没确定留在这儿。"我想这大概是最体面的理由。

"听说你爸妈是政府的？"

"谁说的，整天胡说八道嘛。"我不置可否。

这让我不由想起前段时间打架负伤的老头子。话说他听人传闻我是被撵出大学的。他一直觉得纯属污蔑，他愿意用生命来捍卫儿子的尊严。于是，互不相让，他就奋不顾身了。就在不久前，在他那勤恳了大半辈子的小学校园里，又打了一架。他愤怒地嚷嚷：你看文凭证书啊，你看啊，你们的眼睛瞎了吗？当然，我不会和他说，那是我花了几十块钱仿造的。父亲的世界，曾经是我的整个天空。而现在呢？

"现在的女孩，多现实，没房不嫁。"柳晓君还在说房子。

"要不买个七套八套，每套娶一个，周一、周二到周末，轮流。"哈哈，我夸张地笑，显得特别财大气粗。

"呸，你们男人，一样德性。"柳晓君笑意盎然，更有了兴致。"我那房子吧，你要继续下猛药，别让她住得舒坦。"

"走一个容易，再来一个呢？"

"房产证捏在我手里呢，没那么容易哦。"柳晓君的音调就是胜券在握。

"水平，拜你为师。"

"先解决问题，算是给为师见面礼。"

那晚，我和柳晓君走在马路上。天空没有月亮，两旁的路灯将梧桐树的影子乱七八糟地投在路面上，如此纠缠不清。

寒风刺骨，一路冷飕飕的。因此，不知是我碰一碰她，还是她碰一碰我，我们有一搭没一搭地走着……

后来，很长的时间里，我一直没有忘记这样一个夜晚。我的勇气在哪儿？我是心虚了吗？为什么，我没有去迎接那一种“暧昧”呢？

9

持续的雨雪，终于导致上海经历了1978年以来的最低气温。1978年，传说那时候满大街购物还是各类的票券大行其道，连煤炭都是限量供给。这情景实在超乎我们年轻人的想象力。

生活方式证明了时代的真正跃进。就在我居住的这套房子里，冰冻三尺，睡觉开暖气，洗澡有浴霸，你爱浪费不浪费，只要出钱。当然，有了柳晓君的交代，我并不想和宁小远继续一起出钱。

我，就是宁小远的麻烦制造者。

这次，当宁小远正在浴室里洗澡时，我蹑手蹑脚地走进厨房，将热水器水温直接调到了最低处。回到客厅，我继续观看盗版的2008年贺岁片——《投名状》。

浴室走到厨房或卧室，准要经过客厅。说白了，我正在客厅看电视，一个满身沐浴露的人，除了感受冷水澡的滋味，别无选择。

我承认那会儿的心情不好受，我很努力地让自己集中精神观看影片……

等我听到浴室的开门声时，确实过了很长的一段时间。她裹着睡衣，发抖地快步跑进了卧室。然后，我就听见了接二连三的喷嚏声。

我起身踱步到阳台，边走边想，假使热水器、空调什么的老这么“故障”，她还能忍受多久呢？她会搬走吧？那时的室外，正飘着雪花，阳台外的晒衣架上，已积上了一小层白雪。不远的马路上，昏黄的路灯下偶尔一辆小车驶过，从未有过的冷清。我转身去厨房倒水时，顺便恢复了热水器的水温。

这是一个不眠之夜。当我从《蓝莓之夜》扫描到《苹果》再到《命运呼叫转移》时，面对幽默可爱的葛优先生，我接连打了好几个呵欠。然后，我抬头意外地看见了宁小远。

她靠在卧室往客厅的转角处，手搭在额头上，有气无力地说：“我着凉了，您有感冒药吗？”

“哦。找找看。”我立马钻进卧室，翻箱倒柜了一会儿。老实说，我只是为了显示我的诚意。

走出来时，她已回房了。这是我第一次走进她的卧室。她缩在被子里，脑袋耷拉着，像是中了流弹的麻雀，奄奄一息。房间出乎意料的简洁，只是床头柜上的一盆杜鹃花，格外晃眼，显示着主人对它的偏爱。“我没有药。”

“谢谢啊。”很低的声音。

退身关上房门，回到客厅，我继续窝在沙发里看葛优，突然觉得他的光头很晃眼，晃得我的心情更加不好。我突然就想起了父亲，想起了他护送学生走在小镇土坡上的身影……

这个夜晚的雪，在我后来的记忆中很是“欠扁”。风卷飞雪，小区里白茫茫一片，让人眼睛模糊得都看不清路线。可恶的是，一个趔趄逼得我伸出手，我那形影不离的山寨版LG手机随即溜出手心，直接钻进了雪地里。

这时候玩捉迷藏？我骂了好多声“找死”，才终于找到了它。后来，等我好好琢磨它时，它真的“死”了，无声无息地永别了。

但是，那晚我从外面买药回来时，并不晓得它的状况，那会儿我还揣着一颗勇敢的心，满头满身的积雪，以大无畏的英雄形象站在了宁小远面前。我说：“药！”

10

第二天，冒着风雪严寒，我扶着宁小远去了医院。她仍然高烧，浑身无力，身子却不停地寒战。乖乖，谁也不想弄出人命啊。“冷吗？给你衣服！”

她摆手，不说话。

那时候离2008年的春节没几天。马路上人烟稀少，医院却是人满为患。于是，排队挂号、门诊、验血，等到宁小远稳妥地躺在靠椅上输液时，已经过了几个小时。我如释重负地靠在旁边的墙壁上，想起早饭还没吃。

那天，我们说了之前加起来还要多的话。她从事红酒推销工作。“难怪，我都闻到过酒味呢。”

她笑一笑，“没办法，有时候得陪着喝啊。”说完，她很疲倦地闭上了眼睛。

我也不再说了，啃着饼干，安静地看皮管里的注射液掉下来，一滴接着一滴。

等我扶着宁小远回到小区时，已是下午辰光了。

没想到，柳晓君来了个“突然袭击”。这实在意外。客厅里，我脑子刹那间像小区里积满的雪一样，特大号的一片空白。

柳晓君看看我，又看看宁小远，笑一下，哼了一声，说：“马先生，很忙啊？”

于是，我像一个突然中弹的炮手，整个人晃了晃，说不出话来。这会儿，宁小远缓缓走进了卧室，而柳晓君气冲冲地走向大门。等到大门发出“砰”的一声时，我如梦方醒，追了出去。

我说：“你听我解释。”

我说：“你冷静点儿。”

女人的高跟鞋好处不少，在雪地里特能防滑，一会儿柳晓君就跑出了小区。沿着苏州河前进中，我差点儿摔了一跤。我他妈生气了，喊：“柳晓君，你站住！”

她还是往前走。

我不再追了，喘着粗气地吼了一声：“你算哪根葱，凭啥管我？”

这一吼，她总算停了下来，转过身看我，大约有五六米的距离。我没动，也那么望着她。

然后，她突然蹲下身团起一把雪，向我扔过来。再扔过来。又再扔过来。

我没动，最后的一把雪距我一米的位置摔过来时，在我的胸口砸开了花。

她开始叫嚷：“马甲，她是不是很漂亮？你是不是和她好上了？你还记得你的承诺吗？你个叛徒，你个小人，你混蛋……”

等她嚷嚷得没劲了，我终于抓住了她的手，问：“想知道她是怎么生病的吗？都是我整的！”

“怎么整的？”

“洗澡时我去调低水温，给冻的！”

“你——好傻！”柳晓君的泪眼中闪烁出了惊喜的光芒。

我苦笑了一下，“说吧，光临有何贵干？”

“没事儿，就是来看看嘛。”

“也不来个电话？”

“那不就逮不着这事儿啦？”柳晓君笑起来。

“嗯，是啊。”我边说边蹲下身，团起一把雪，捏得紧紧的。我把雪团放在了柳晓君的手上，一本正经地问：“再来一次？”

“马甲，其实你好坏啊！不过，你还不够更坏呀！”柳晓君一阵大笑。要是天晴，我猜想河边的那些小麻雀准会被她吓丢了魂。

11

那时候，我并不知道宁小远正站在苏州河边的窗前望着我和柳晓君——“打雪仗”。那时候，她一定知道了我不是一个普通的租客吧。

然而，她什么也没说，仿佛不知道有这事儿。有的女人，就像是地窖中尘封多年的老酒，熙熙攘攘的市面上总是绝无仅有。

如果回忆，我会想起大三那年的那个女生小璐。我该怎样描述那段故事呢？

因为，挨打的那位“高富帅”，后来居然和她好上了！我不知道，这是不是上天对我马甲的惩罚。

我也在想啊，那小子是不是在报复地和她交好呢？还是他和我一样本来就暗自想和她交好呢？这对我来说，一直是个无法解开的谜。

他可以说，马甲，你娘的，你喜欢她？我就泡给你看，我就要把你喜欢的女人抢到手！

他也可以说，小璐，我“灰常”喜欢你呀，我忍受不了马甲喜欢你呀，为了你，瞧啊，我这额头还留下了感情的伤疤！

总之，哪一样，他都是感情的胜利者。

我无从知道他的内心。即便后来，我再次遇上了那个让我付出沉痛代价的小璐姑娘。

那时候，她已经不再是那位“高富帅”的女朋友了。

他们——终于——分了。

我不知道，岁月到底是怎样地改变着一个人？每次，我都觉得自己对生活看得倍儿明白。可是每一次回头看的时候，却发现自己从来就没有真正明白过。

当再次看到小璐姑娘时，我完全无法看到那个大三女生的模样。当然，要是问我大三时的她到底是什么模样呢？马甲竟然也变得一片模糊。

马甲的心情，谁可以体会呢？马甲知道这个不是原来马甲喜欢的那个女生，可是马甲表现出他还是那样的喜欢她。

尽管她一遍又一遍地问，马甲，你喜欢我吗？你为什么会喜欢我呢？马甲，你知道是你改变了我的命运吗？你难道不会变吗？马甲？

准确地说，马甲我一遍又一遍地用不知哪位高手发明的一句话来回应她：嗨，喜欢需要理由吗？

总之，我们很快好上了。这速度简直赛过两只发情期的熊猫好上的速度，在我想象中它们还是比较慢热型的吧？

总之，这个时代的母猪也许可以上树，只是此时此地的我没见过而已。

12

那天晚上，胸口雪花四溅的那个晚上，我和柳晓君逛到深夜。我认为柳晓君是喜欢我的。

当然，那时候我很轻易把吃醋和用情混为一谈。而事实上，在很多场合，你必须明白这完全是两码事。

我和柳晓君去了徐家汇的繁华地段。我们站在徐家汇的一座大厦的中央大厅往下望，每个楼层灯火通明，人来人往，蚂蚁搬家似的。那会儿，还飘来老上海的歌声：夜上海，夜上海，你是一个不夜城……

柳晓君说：“好傻，你又犯傻了啊？”

我呵呵一笑，的确走神了。

“我觉得吧，你挺神秘的，想什么？”

“我在想，哪天这里全是我的，多爽。”

“切，多少钱？”柳晓君笑起来，“你是马甲，不是马化腾。”

“那是，人见人爱、花见花开、车见车爆胎的马甲！”

其实，那会儿让我想起了一个人，——林大勇。

那年夏夜，我们睡在地下室闷得慌。穿上大裤衩，趿拉上拖鞋，我们就跑来不远的这座大厦乘凉。可是那位保安大哥火眼金睛，确定我们不是应当服务的上帝。

我说：“大哥，多个人又不是多个炸弹，你就让俺们凉快一下吧。”

大概这话很有修辞水平，他皱着眉头将我再次从上到下瞅了一遍，末了无奈地解释说：“是快关门了，只出不进。”

的确蛮晚。这解释也凑合。就在我们恋恋不舍地离开时，我回头看见一个姑娘竟然花枝招展地晃进去了。这当然激起了马甲那“有压迫就有反抗”的传统革命思想。我说：“大勇，摆明了欺负人！”

于是我们返回去，接着闹起来，再接着打起来。最后，那位保安大哥鼻青脸肿嘴巴冒了血沫子，我们进了局子……

我想，保安大哥或许后悔一不小心摊上事儿了。而我也早就知道“一生负气成今日”，明知故犯。

总之，等我马甲从拘留所那一堆脚跟贴着屁股蹲在木板上“思过”的闲杂人等中释放出来时，马甲不再是原来的马甲了。

马甲再次站在这里时，社会经验已经告诉他，社会舞台多么宽广？你得精心装扮一番，配上去才能演得成。

马甲承认，面对柳晓君，马甲一直是站在舞台上的感觉。

我说，晓君，其实就一套房子，瞧你折腾的。

我说，奥迪 A8 和宝马 X6 甚至兰博基尼，其实我都不怎么觉得好。

我在胡诌些什么呢？可是，晓君喜欢。看，那饱含笑意的眸子，正忽闪忽闪的，那里是一片又一片冉冉升起的希望呢。

马甲我喜欢希望。

于是，柳晓君兴奋地拉了我去吴江路吃夜宵。站在马路边，柳晓君的电话却响了。她接起来说了几句，走到几米外的空地上继续说。那温婉的神态，分明不是对着闹离婚的老公。等她走回来，我开玩笑地说：“你男友吗？”

“滚蛋，你男友！”柳晓君笑着回应了一句。

“我的取向正常。”

“流氓。”柳晓君噘嘴说，马上又转移了话题，“太冷了，咱们不去吴江路了吧？还是早点回去吧。”

“好的，咱们走吧。”

“我自己走了，你也早点儿回去？”

“哦。”

“好好困觉。”柳晓君笑着，突然伸出手来拍了拍我的脸颊。

那时，我的嘴里正含着吸管，珍珠奶茶顿时哽在了喉咙口。

已近午夜了，我被呛得不停地咳嗽，泪水都咳了出来。

我想问，柳晓君，你回哪里呢？然而，我什么也没说出口，望着她渐行渐远的身影，在夜灯下，转一个弯儿，终于不见了。

我才发现，朦朦胧胧中的吴江路，不是直的，在远方拐了一个弯儿。

13

柳晓君的突然离去，让我顿时陷入了落寞。冬夜，刹那间降到了冰点，心口都是“哇凉哇凉”的。

我想我对柳晓君有点儿着迷了。尽管每天上班，从我的办公位探头探脑地张望时，只要柳晓君抬头，我就一定能够看到她。

工作，多数人就是三点：情系领导，维系同事，搞定供应商。然后，他们混日子。况且，工作不是“做”的，是靠“表现”的。我敢发誓马甲的父亲展示给马甲的世界不是这样的，当年的马甲也不是这么想的。

总之，相对来说，我马甲仍然算是多么厚道的一个人。有时候我难免感叹。

呸，你，厚颜无耻差不多。柳晓君笑着骂。

那是在K歌的时候，我马甲看着忘情的男女们，哈哈大笑。于是，我的确厚颜无耻地问，柳晓君，你怎么晓得我脸皮厚呢，你——摸过么？

这在很久以前，马甲显然还说不出口。

那时候的马甲，寒碜地惴惴不安地脸红心跳地说，小璐，我还没有和女孩子睡过。

那是在一间与人合租的小屋里，我和大三女生小璐用了晚餐喝了几口小酒归来时分，我用活了25年以来的最大勇气向她发出了“坐一坐”的邀请。

她没说话，同意了！她一直是一个细声细气的姑娘。

我的房间很小，我的床更小，那时候的这个大三女生坐在床沿上，抬起头看着我。我相信那时候的我手足无措，面红耳赤，一颗心在怦怦直跳。

电视正开着，但那是个摆设了。她拉起我的手，轻声说，抱抱我。

我的脑门一定处于高温状态，于是我弯下身子，抱住她的肩膀，就像电视剧里的那些男女的模样，亲了头发，亲了脸庞。有点没完没了的，于是俩人有点儿累，就势躺了下去。就这时候，我说，小璐，我还没有和女孩子睡过。

哼，骗我呗。她笑一笑，又移开身子说，拉上窗帘。

我抬起头，就看到了上海窗外朦胧的都市夜色。那一幢幢的楼宇内星星点点的灯火，每一点灯火里都有一个或几个人，正随着她手中窗帘的移动而渐次谢幕。

突然，我莫名的一阵感动，为过去所做的种种，那些从校园到社会的种种酸甜苦辣、是是非非，潸然欲泪……

那是一个夏夜。马甲以如此毫无掩饰的心情来面对这个大三女生。

如今，在几年后的这样一个冬夜，柳晓君突然离开时，用手摸着马甲的脸，嘱咐说：“好好困觉。”

时间飞逝。我想，我的感情陷入了一个来得不是时候的漩涡？

14

实在没想到的是，我和宁小远很快就“打开天窗说亮话”了。

或许算是大意，这次行动彻底失败。

当我拿开马桶的水箱盖，准备用老虎钳剪坏提水阀的铁丝时，第六感觉告诉我，好像哪儿不对头。于是我抬头，——这场面，实在让人无地自容！

宁小远，生病后几乎卧床不起的宁小远，正披着衣服站在不远处，一脸的不可思议。

我想，大雪那天积攒下的那点儿英雄形象全给毁了。

放下老虎钳，盖上水箱，我缓缓走到她面前，无趣地说：“可能，我说，——我们要谈谈？”

她没吭声，一直看着我，苍白的脸上那愈发黑亮的眼眸，像是要数清马甲脸上到底发了几颗青春痘？甚至是到底哪几颗青春痘正在惹是生非？

这神情，让我的脸色愈发难看了。我只能说下去：“请你相信，我对你没有恶意。这是迫不得已。坦白说，希望你能搬走。”

说完，我突然感到无比轻松。或许，其实我也在等着这样的一天？

宁小远一直没有吭声。我抬头去看，她略低了头，长发差不多挡住了整个脸庞，让我看不到她的表情。

这个生病的女孩子，只身在外，让马甲我突然觉得自己混蛋，怎么可以欺负一个弱女子到这种程度？！如果她又吵又闹，或许我会心安理得许多吧？现在我只能不停地赔不是：对不起，我很抱歉。

宁小远的声音有点儿颤抖，“我相信，你不会这么做。”

“对不起，真的没有恶意。”

“那她——是你什么人？”

“她？”

“女房东。”

“哦，同事，朋友。”

“谢谢你——给我买药，带我去医院，放心吧，我会——搬走。”说到一半时，宁小远已转身往回走了。

我却没动。那会儿，心里乱糟糟的。我点了支烟。马甲我不算什么好人,也不想做什么好人,但是马甲我并不想恃强凌弱。活着，是否要有这样一个底线？我想起了父亲的世界，以他的底线，很多事情根本就不会发生。

这是个说不清的世界。然而，人们却努力想把世界说清。

那个夜晚，我在床上翻来覆去，心头七上八下。天快亮了，我在睡意蒙眬中决定，天亮后就去道歉，告诉她：别走了，还是我走……

我不清楚别人是不是这样？半夜想好的事，天一亮，就不对劲了，就打回原形了，依然活在了五味杂陈的社会现实。

我发誓，千真万确，那天早晨，我本来是要说“你别走”，可当我面对宁小远时，却改成了，“你啥时走？”话一出口，自己的心都凉了半截儿。

那时她正在厨房煮粥，淡淡地说：“春节后吧。”

这个女生,为什么不表现出讨厌我呢？我是想说“你别走”,可怎么临时改口了？为什么就不能真诚地说一声“你别走”呢？

此时的马甲真像一只斗败的公鸡，鸡飞狗跳，落荒而逃。

我没去告诉柳晓君。

那个夜晚，雪又开始下得很大。我徘徊在苏州河边，不时望一眼那套房子。我当然还记得第一次，是一个有着阳光的午后，当我站在苏州河边望上去时，几条女人姹紫嫣红的裙裾正在阳台上随风摆荡。

而明天，就是腊月二十三，国人的小年夜了。

15

春节，上海这座城市的雨雪量突破了百年以来的最高纪录。

周末，风雪交加里，我跑遍了大大小小的花鸟市场，争取物超所值。那两天，除了眼珠子能溜溜转，耳朵鼻子冻得差点儿不是马甲我本人的。

马甲要让杜鹃花点缀在苏州河边这套两室两厅的房子里！对马甲来说，这是大动作。马甲算了一下，过年后的那个月，假如工资迟发一周的话，马甲可能就得饿肚子。

听到客厅里来回走动的声音，睡眼惺忪的宁小远打开房门探出了脑袋，很吃惊地看着这一切：满眼的杜鹃花。

这表情符合我的期待。我笑着说：房间里摆几盆呗？

宁小远在窗台上放了三盆杜鹃花，那嫣红的花朵映衬在窗外的白雪下，美极了。

听着窗外不时响起喜庆的爆竹声，我的情绪随着大年三十的气氛而高涨起来。不管怎么说，有这么一个人，像我一样身在异乡，难免惺惺相惜。因此我主动地问：“年三十了，晚上有空一起做饭吃？”

“哦，我怕做不好。”

“没问题，随便做。那一会儿我去买菜！”

话还没完，宁小远的手机响了。她歉意地说：“家里弟弟来了电话。”

我会意地点头，退出了房间。现在就去买菜？我在客厅里转悠时，突然听到房间里传来宁小远的哭泣声。

她这是怎么了？一个大年三十的电话弄成这样？是想家人了吗？我犹豫着要不要过去敲门安慰一下。

最后，我还是敲门了。“你——没事吧？”

哭泣声停了一下。她没有开门的意思，送过来稳稳当当的一句话：“没事，谢谢。”

她这是怎么了？那接下来，要不要去买菜？这年夜饭怎么说？

走出门时，一阵冷风灌过来，我突然觉得做人总是自我感觉良好，实际呢？

大年三十的上午，阴沉的天气，满街的喜气，谁要是看到一个落魄的家伙走在雪停后的花花世界里，那大概就是——马甲了。

16

菜市场早就没有几个人了。当我拎着年货爬上五楼时，已过午时。房子里悄无声息。我去房前喊宁小远，敲门，没有回应。看来她出门了。

我把东西扔进了厨房，坐在客厅里，孤零零又冷清清的感觉让我有些发呆。

我有好多个春节没有回家。三年前的春节，我和大三女生小璐还在一起。我该怎样来形容那时的情形呢？

我一脸平静地说，小璐，我不想多说。既然后悔，何必当初？或许，你并不知道你真正要什么。你要一份真爱，没有庸俗。然而，你真的是要这个吗？还是这份真爱只是你精神上的一种向往？抱着这样的向往你尝试了一下？很多的人，就是这样。

小璐看着我，有点儿听天书的表情。

于是我说，事实上，我给不了你房子，给不了你车子，给不了你随心所欲的生活。我就是一个小老百姓。这就是我的本来面目。我们一起，就是精打细算的日子。

"我花掉的钱，会陆续还你。"那时候的小璐，说完这句话，已是泪眼婆娑了。

我相信，这泪水是对我们那段生活的最终祭奠。

我知道，很多人也许愿意分担，只是人们害怕那种看不到未来的分担。而我也不能保证，在这座城市，我们一定会很幸福。我不能。

一晃，一年又一年过去了。生命中，许多人走开了，又有许多人陆续出现了。

这时候，沉浸在无法自拔的往事中，我接到了一个让我能够兴奋的电话，是柳晓君的。她说："中午一起吃饭，在一家豆捞坊。"

"嗯。"我显得有气无力。

"怎么了，马甲，以前听你电话就像听到阳光炸出来，怎么今天黑压压的？"

"没啥。"我说，"电话一来，云开日出！"

17

等我赶去豆捞坊时，柳晓君已经等在那儿了。是一个包厢，坐下后，我注意到有三副碗筷。柳晓君说，“还有一个朋友来。”

“哦，男的女的？”

“男的。想要姑娘？”

“无所谓啦。”

“就是，来个男的买单，多好。”柳晓君挑挑眉毛，笑着补充，“是个大老板，很忙的！”

“时间就是金钱嘛。”

柳晓君呵呵一阵笑，转移了话题，说：“马甲，那房子基本谈定啦，房子归我，车子归他。”

啥？这句话对我来说未免有点“五雷轰顶”的感觉！

这等于告诉我，这些日子，我——马甲对宁小远所犯下的“罪行”，她柳晓君已经无所谓有了！不值一文了！

然而我却只能笑着说：“好事，那我可以——长住了！”

“行啊，一个月便宜租你，一间两千五。”柳晓君哈哈笑起来。

“黄世仁再世啊，你那——老公也没这么剥削吧？”

我们再次大笑起来。柳晓君开始数落起她那即将沦为前夫的老公，从老公生活没情趣一直到老公妈妈再到妈妈的妈妈也就是外婆，连绵不绝。直到她的那位朋友入座为止，我只有洗耳恭听的份儿。

大熊猫香烟摆在桌子上，当红的三星手机靠在烟盒边，一辆奔驰车的钥匙紧随其后，一脸的福如东海。这就是她那大老板朋友入座后给我的最初印象。这印象吓退了我本来还想鉴别一下帅气指数的小念头。

柳晓君介绍：这就是我那同事马甲，他可是电脑高手……

大老板看上去40来岁，他推了一下鼻子上的眼镜，斯文地伸出手笑着说："抱歉迟到了，临时送朋友去机场。"

"刘总好！"我无精打采地起身握手。

那天中午，我喝高了。刘总没喝，他没有带上司机，自己要开车。有车就是好，钥匙往桌子上一撂，摆明了"哥不喝酒"。马甲没车，马甲更没有其他理由，因此马甲只能闷头喝酒。最后，他们说我喝多了，一起说要送我马甲。

我头也没回，摆摆手，步伐散乱地自个儿晃出了店堂。

我心里在喊，马甲，人家柳晓君喜欢跟谁在一起，还用得着通知你吗……

蹲在广场前的花坛边，我闷声不响地抽烟。在抽到第三支时，我就记起了柳晓君说"如果喜欢一个人，却不能在一起"的话，我就想笑，突然觉得我应该有个女人。

这个女人应该像我的母亲一样，从来不阻止父亲的决定，包括允许我向这个世界吐几口唾沫吧？

于是，我像个无赖，或者白痴，向花坛边的积雪里吐口水，毫无忌惮，无视社会公德。

是的，我是要这样的女人，一个由着我的丑陋的女人。这时候，我的眼眶就有些湿润了。这怎么可以。我再次发笑，我要做一个乐观的人啊。

回来时，天黑了，四周噼里啪啦响。开门，一片黢黑，连个鬼影子也没有。

宁小远还没有回来！

开灯，开空调，开电视，坐在沙发上，等到房子里逐渐暖和了，我想还是给宁小远打个电话。

竟然关机！到底要不要做——年夜饭？或者，她当时根本就不要一起去吃饭？是我误解了？倒在沙发上，看电视里一片欢天喜地过大年的景象，我心里郁闷极了。

我给宁小远发了一条消息：

菜买好了。要是做饭吃，请尽快回复。马甲。

18

没有回信。没有回来。宁小远离奇失踪了。

等到大年初一，我迷迷糊糊中被鞭炮声惊醒，从沙发里爬起来后，第一个念头是要不要报警？不过，再一阵鞭炮后，另一个念头告诉我，会不会自找麻烦？

等我最终以人道主义情怀横扫一切异议决定去报警时，已是大年初二下午了。那时候，我脑子里突然浮现了无数个场景：绑架、勒索，还有更可怕的，这些悲惨的场面让人惨不忍睹，让我一路气喘吁吁。

派出所值班的民警是一个年轻的大胖子，倒是气定神闲。他用专业的眼神侦查了我一番，问：“是你女朋友？”

“不是。”

“在哪儿上班？”

“不清楚。”

“老家哪儿的？”

“不知道。”

“一问三不知，那你担心啥呢？我们哪儿去查？”大胖子同志说到这里时，圆脸上的眼鼻口便极具向心力地撮到一起，像一个粉嘟嘟的大包子。

于是，我一无所获地走出了派出所，一时间心绪混乱不堪。

大约走了几条街道，当几大片阳光落在身上时，愁绪涣若冰释。这青天白日的，查不了就查不了吧，听天由命。

我确实还有许多事情要干呢，比如打帝国时代，比如看影片，比如喝酒……

当然，少年时代的马甲并不是这样，那时候也曾“为中华之崛起而读书”，勤学苦练，千军万马中冲进大都市。这种劲头，就像准备“一逗到底”的文章，直到遇上了那位“高富帅”，马甲这文章才出现了一个大大的“——”，从此转入了新的页面。

初四下午，在我完全放弃了对宁小远的人道关怀时，大约三时左右，我竟然收到了她的手机信息：

匆忙回家了，很忙，忘打招呼，对不起。

那时候，我正在打帝国时代，血拼的关键时刻。本来我以为是柳晓君的信息，扫一眼，竟然是她。没事就好。我把手机扔在一旁，继续埋头于网络大战了。

我实在没有必要告诉她，为了缓和她的成见，我马甲花血本买了这么多杜鹃花来装饰房子，结果：她回家了！

我实在没有必要告诉她，从人道主义出发，我马甲为她火急火燎地跑去派出所向那个大胖子警察报告，结果：她啥事也没有！

19

柳晓君是在大年初五的上午来看这套基本属于她的房子。

那些天的天气和她的心情一样，都很不错。心情很不错的柳晓君看房子，对所见所闻抱以很不错的眼神。满室的杜鹃花让人陶醉，她说：“马甲，这些都是你买的？”

“当然。”

“不喊我看？”

“你不来了吗？”

“有钱人嘛，真舍得花钱，挺浪漫哦，你这混蛋。”柳晓君倒在沙发里由衷地说。

“还行吧！”算是“无心插柳柳成荫”？柳晓君这话我爱听。

那时候的房子静悄悄的，我能感到满屋的杜鹃花都在竭力绽放，似乎有了花开的声音。

那时候，我和柳晓君说了一会儿话，后来好像又没了声音，然后再说一会儿话。到底说了些什么，我全然记不清了。我只记得有啥玩意儿梗在喉头，让我说话变得特费劲。这让我不得不咽了好几下口水，想把那玩意儿咽下去。

那时候的柳晓君卧倒在沙发里，这样的环境让她陶醉。于是，柳晓君那眉目像天上火火的太阳，让我不敢对视。柳晓君的嘴巴像天上弯弯的月亮，浅浅一抹微笑。柳晓君的双手又像浮动的云朵，正向我招摇。于是，我忘情地伸手去捞那云朵，整个身心都栽了进去。

柳晓君的气息吹在耳边，声音直接在脑子里回荡，“你有过女朋友吗？”

“早就——没了。”

“你想吗？”

想什么呢？总之，我想点头。可是柳晓君的手捧住我的脸，让我的脑袋不能动弹，我的眼睛不得不——直视她。

我喜欢柳晓君火热的眼神。我是否还喜欢柳晓君的性格呢？一种不宁静？不脆弱？不忸怩？总之，在柳晓君面前的马甲，显然是阴盛阳衰的。

那时候，我马甲弓着身子，像天热时大街上一只吐着舌头喘着粗气的哈巴狗。

柳晓君闭上眼神，嘴巴嘟了起来，薄薄的唇彩浮动着一种水蜜桃似的水润。

这是我梦中的柳晓君吗？突然，柳晓君睁开眼睛，牙齿咬着下唇，浮起丝丝笑意。

这笑意湮没了我那最后的一丝顾虑，让我的难为情瞬间九霄云外，一时忘却了时间。在我的手变得游移不定时，柳晓君的手机“盈盈呀呀”开始唱歌了：

春天花会开，鸟儿们自由自在，我还是在等待，等待我的爱……

那会儿，柳晓君躺在沙发里左手接电话，右手食指按住我的嘴唇。那当然是让我闭嘴。

接下来她皱着眉头支起身子。

我神情恍惚地跟着起身，然后感到屁股蹭到什么，有东西“砰”的一声摔在了地板上。这声音吓得我脑瓜里“咯噔”一声，突然苏醒过来似的，眼神也好使了，是一盆杜鹃花摔得支离破碎。再一看，这是柳晓君家的房子。再一想，我马甲是在上海，中华人民共和国的土地上。可我在干啥呢？裤腰上的皮带吊儿郎当的……

我这是在干啥呢？相爱？马甲和柳晓君是相爱吗？我点上烟，猛吸了几口后，开始听清了柳晓君的声音，还在电话，“我不要你马上给我结果，讲一句话：放弃是另一种拥有。”

柳晓君说“放弃是另一种拥有”时，是用字正腔圆的标准普通话一字一顿地播音，然后她就挂了电话。

“放弃是另一种拥有”，经典、辩证，却又圆滑、混沌。这到底要说什么呢？

柳晓君过来拍了拍我的肩膀，心情似乎不太好，没说话。

我想我得为先前发生的事情表示一下。因此我握了柳晓君的手，很认真地说：“晓君，我喜欢你。”

柳晓君微笑了，顿了一顿后，突然轻声说：“我也是，马甲，你这混蛋！讨厌！”柳晓君的眼泪扑簌簌下来了，捶着我的胸口嚷：“你去死！你们男人都去死吧，没一个好东西！”

“大过年的，你咒我，下次我吃了你。”我咬着牙用手擦去柳晓君脸颊上的泪水，“剥光了炖汤喝。”

“那我挖了你的心，喂狗！”柳晓君嚷嚷道，“活着，没什么大不了的！”

然后，我们都大笑起来，好像刚才只是一个小小的游戏，骤然告一段落。

“马甲，走，咱们吃饭去。”

20

我后来想，我到底有多喜欢柳晓君，柳晓君又有多喜欢我呢？

为什么哭？为什么笑？

多年后回想，那会儿的马甲和柳晓君的结局其实早有端倪。

年轻的我们会哭泣，但是转瞬间破涕为笑；年轻的我们会爱人，但是顷刻后不知所爱。

年轻的我们外表越来越坚强，表情越来越快乐，只是不想让人看到内心的恐慌和悲伤。

是不是这样呢？马甲，还有多少事情令你深信不疑矢志不渝永垂不朽的呢？你难道不会骂一句，扯淡，我已经不知世间还有这样的事儿，我他妈早就把它们当传说当大气当喝西北风了。

世事如棋。先前折腾宁小远时，谁知鹿死谁手？

当宁小远答应春节后搬离时，谁又晓得她更有可能留下？

现在，房子属于柳晓君，马甲无须为此明争暗斗了。

柳晓君发信息说，宁小远签订了一年的租约，还有半年左右。

“怎么弄？”

“看吧，租谁也是拿钱，到期再说。”

女人心，海底针。早前，她和宁小远水火不容。如今，只看生意不看人了。“那我呢？”

“你啊，还不去买房啊？快买房娶老婆吧。”

她是暗示我该退出了吗？要知道，上海的房租很可观，我马甲每个月要替房东打工多少天。现在住在这儿，柳晓君当然不会收房租。可是马甲一直在努力“做”一个有品位的人，不会“吃白饭”。因此，我会说：“等房价下跌买别墅多好！”

“别墅好啊，最好是独栋别墅，买联排的还不如买复式。”柳晓君来劲了。

“嗯，就是呢。”发着消息，马甲突然兴味索然。马甲我想起在小镇里教书育人了一辈子的老父亲，别说一百万，恐怕一万也会让他嘀咕一阵子。

这些年，马甲不是一个人，好像有多个。可怕的是，时间一长，马甲自己都不晓得哪个是真的马甲。好像都是，好像都不是。不说也罢。重要的一点，马甲从来没有绝望，一直想好好地活下去，——好好地。

尽管这并非易事。

马甲不能不想起被清理门户后离开校园的日子。当马甲浑浑噩噩地从地下室里蚯蚓似的爬到室外时，就眯眼站在了一大片的建筑工地上。

那时候，马甲突然感受到阳光还是那样的明亮，夹着厚厚石板的塔吊也是那样任劳任怨。

那时候，林大勇打来的一盆水煮大白菜，再没有那么难以下咽，马甲喝得连汤水都不剩。大勇的心情，从那会儿乐开了花，这个连托尔斯泰或者柴可夫斯基都不知道的家伙，真心关照马甲呢。到了晚上，林大勇吹起了笛子。

在地下室那昏黄的光线下，大勇和工友们尽情喧闹，那是他们因我马甲而忍受了很久的冷清，他们一直小心翼翼地收容下这个落魄的家伙。

好一场盛大的地下室 Party，很简陋，很粗俗，没有主角，没有说辞，你来我往随意歌唱。

早先，在马甲眼里，大勇那种憨厚淳朴的智力除了干体力活，实在没有更多用处。

马甲后来想，每个人都有属于自己的天赋，每个人都应当得到完全的尊重，就是从那时候开始的。

大勇的笛声深深震撼了马甲。曲声婉转，如泣如诉：

白杨树下住着我心上的姑娘，当我和她分别后，好像那都他尔闲挂在墙上……

那时候的马甲,就想起了大三女生,想得眼泪都要流了下来。马甲不知道她的情况,那时候的马甲也无法联想挨打的那位“高富帅”和她将要你来我往,马甲只知道那是马甲心上的姑娘,马甲甘愿为她赴汤蹈火。

如今,回头看过去,马甲的人生就像抽了骨头的猪肘,马甲自己都已经清楚地预见了它的未来,软卧在岁月的盘子里,听任光阴宰割。

21

米兰·昆德拉说,这是一个流行离开的世界,但是我们都不擅长告别。

我和大三女生,也许就是这样的匆匆交汇,还未经年,已如两条相交的射线,愈走愈远了。

还记得,每一个夜晚,我们相拥而眠。那年轻的身心,总是热火朝天。马甲,我爱你!我真的爱你!马甲,我怕,我好多次做梦,你离开我了!你说,你会吗?

怎么会,傻瓜。我笑,在月亮落在窗前的深夜,我略显疲倦的笑容在夜色中跌落在孤独的心坎上,溅起无穷无尽的悲伤。也许,每一个人都曾受伤吧。我多么想好好爱她,多么——想。

这是一个温和的女生。她总是安安静静的,声音一直轻轻的,老鼠似的害怕惊动了别人。她总是寻寻觅觅,重复着那些小心思,好像这个世界上任何事情还真的有个水落石出。

“亲爱的,你为啥会喜欢我呢?你——老实交代。”

“喜欢需要理由吗，喜欢——就是自然而然的，天生的。”

“那你会喜欢其他女人吗？”

这真是个超级狗血的问题。“我要说会，是不是吃了我？”

“不，先让你做太监。”

“我要说不会，是不是说我虚伪？”

“不，马甲，你不会，你是上天送给我一个人的。”

“这你都知道！”我哈哈笑起来。

幸福的日子总是离纯粹更近。而时间的流逝，总会让生活暴露出原本复杂的面目。

我们开始了较劲。那是种暗伤，远比吵架的行为来得光滑，却刺入更深。

原谅我，的确不知道她花钱是那样大手大脚。我能想象那个挨打的“高富帅”是怎样阔绰地生活着，他让大三女生已经“由奢入俭难”了。他们一卡在手，生活无忧。

可马甲不是。在那种捉襟见肘的日子里，马甲容易锱铢必较。当马甲的信用卡被大三女生外出旅游时刷爆了后，马甲用一种绝望的声音吼出来：“一万块啊，你怎么花的？！”

那是2004年时的一万块！

她显然吓着了，“我——买了个包，几件衣服，就——没了。”

然后，我们都沉默了。我们没有争吵，相互背对着度过了那个归来的夜晚。那时候，马甲就隐隐感到，未来，或许没有未来。

大三女生第二天上班后就没有回来。大三女生不肯接电话。她发了个消息，说想冷静一下，她感到抱歉，她住到朋友那里去了。

那个夜晚，小雨中，我发疯似的走在大街上，不停地打电话，发消息。那时候的马甲不能接受这样的未来。

告诉我，你住在哪儿？

没关系，我从来没有怪你。

是我错了，不该发脾气。

求你了，我接你回来……

22

请容我再说一段我和大三女生的故事吧。

第二天，我没有上班，我发信息说去接她下班。我早早地站在了她上班的那栋楼前。从下午到晚上，再到深夜，我站在那里，整个人像失去了知觉，挪不动步。天空时断时续地下起了小雨，我全身湿透，雨水顺着头发、眉目、鼻尖滴滴答答地滑落。

我陷入了无边的懊悔。如果可以重来，我一定不会对着我的大三女生吼叫！有一阵子，我有些迷糊，恍惚中梦到她在啜泣，我伸出手为她擦拭时，满手的冰凉。惊醒过来，站在雨中的，仍然还是自己。

我没有等来大三女生。第二天，在那栋楼前我像个傻子似的被人指指点点了一个上午。分明，她是在躲着我。而我，是用这样的方式来祭奠一段从校园到社会的爱情长跑吗？

站在一个卖包子的店铺前，我狼吞虎咽地吃下了八个包子。咬到第九个时，突然就觉得鼻子发酸，喉咙发紧，再也吃不下了。我忍住哽咽，任凭眼泪簌簌地落下来。

我知道，我们不会再有未来了。即便，再次见面。

这期间，我给父亲打了一个电话。我告诉父亲，我交往了一个女朋友，也就是说那将是他未来的儿媳妇。我要去女方家，因此需要一笔钱。

至今，我都能想起打出这通电话时的那种挣扎，那份羞愧。为了偿还这笔一万元的信用借支，缓解再次失业的困顿，我将手伸向了老家的父亲，准备掏空他毕生省吃俭用所留下的一点儿积蓄。我不知道，如果当面，我还能说出这样无耻的谎言吗？而更无耻的是，我知道只有这样的谎言才能打动老头子。

可是，那时候，我以为自己别无选择。

大约只有被生活逼迫到这样的绝境，才能体会到这样的无奈、挣扎和疯狂吧。当然，马甲即便是卖血卖肾，也不会接受大三女生所谓的“还钱”。

坐在返乡取钱的列车里，那种犯罪感让人心神不宁。那就像一针毒剂，一直穿透到我的毛细血管中，融入到我的血液里，正随着火车一路的“咔嚓”声，让人内心震颤。

我知道，我背叛了父亲。父亲的时代，是一个只可远观的时代。之后，马甲再也没有回去。

23

马甲不想，也不能回去。除非衣锦还乡之日。

在这座城市，马甲从来没有放弃过希望，继续尽力而为。

因此，春节后，当一个“飞来横财”的机会降临时，马甲差一点就赤膊上阵了。

我相信那是柳晓君琢磨了很久的事情。终于在一个她认为“水到渠成”的日子，拉我下水：利用 IT 技术，随时获取总裁的电脑信息。

这不是要做“内鬼”吗？我不由得皱起了眉头。我知道，弄不好这就是违法犯罪。

“你放心好了，是内部了解，不会出啥乱子，又不是拿财务数据。”柳晓君不愧是公关部的，永远站在客户的角度直击要害。

我有些迟疑地说：“这个不太好做。”

“好傻，我和你最大的区别，就是你总是瞻前顾后，想的比做的多。其实，没什么大不了的，活着洒脱一点，不好吗？你怕什么呢？”

“哪跟哪呢？”我不算辩解地说。

“能拿到吗？好傻,这是发财的机会,要人家十万怎么样？”

十万？谁肯出这个价钱？有这么重要？我差点吓掉了手上的调羹。

“你先想想,不急的哦！记得绝对保密！”柳晓君就笑起来，柔柔的、碎碎的，就像一片月光洒在清风徐来的水面上，如此静谧。

那天晚上柳晓君送我，送到了小区门口，送进了家门前，再送进了她曾经有过一段婚姻生活的房子里。宁小远还没回来，房子里就只有一对男女了。满室的杜鹃花依然开着，柳晓君转来转去，红扑扑的脸蛋上是兴奋的笑意。

“你没喝酒吧？”

柳晓君歪着脑袋看我，显然没听明白。

“红得像番茄！”

“啊！你——”柳晓君总算明白了，整个身子倾斜过来，举起拳头开始砸我的胸口，“你傻蛋！傻蛋！”

我扶住了她，笑说：“你坏蛋，我苍蝇！”

“哈哈！”柳晓君笑起来，“恶心！哈哈！”

柳晓君一阵笑过，房子突然变得静悄悄的。因为我们的身子识时务地靠在了一起，准确一点说，拥抱在了一起。

那会儿，就在我有点儿忐忑会发生点儿啥的时候，门口响起了脚步声，接着是钥匙开锁孔，这让我们瞬即弹开了。转过头，竟然是宁小远，她回来了！身后还跟着一个瘦瘦的小伙子，戴副眼镜，斯斯文文的。

一个春节未见，再见竟然是这样的场景。“你回来啦！”我率先招呼。

宁小远看我一眼，又看了柳晓君一眼，礼节性地微微一笑，低头拉行李箱时“嗯”了一声。

这会儿柳晓君对我另起话题，说：“别忘了那事，回头找你哦！”

我的眼光落在她肩膀处那些凌乱的发丝上，“好的，再说。”

“那我走了。”

“我送你。”

“不用了！”

“就到楼下。”

24

再次碰见宁小远，我们没有太多话好说，但也并非无话可说。

那个戴副眼镜的是她的弟弟宁小城，在这里上大学。小伙子不怎么吭声，当天晚上直接返校了。后来宁小远告诉我，她蛮自豪，这个弟弟学习用功，成绩名列前茅。她还有个姐姐，生了个双胞胎，都是男孩。她自己么，高中没毕业，家庭经济不够好，所以就出来了。眼下，很想再学习一些知识，比如电脑，看能不能找个文职工作。

“这个好，电脑么，必备的，你不懂的问我吧。”马甲我做人还是很热情。

不仅热情，说到做到，一周后，我就带着宁小远去徐家汇的商厦里买电脑。

那时候她已不去推销红酒了。每天晚上回来，我都能闻到厨房里飘出的香味。我知道，这个晚上的晚餐有着落了。有个晚上，打了一个饱嗝后，马甲我感激之情发自肺腑，“咱们明晚去买电脑，就去徐家汇的百脑汇！”

“一定要去徐家汇吗？”

“当然，那里性价比高！”那时候，徐家汇的百脑汇是熟悉电脑组装人员的天堂。

那是我和宁小远第一次逛街购物，我们差不多扫荡了整个商城。诲人不倦，我讲解不同品牌、不同款式、不同性能、不同价格电脑的实际价值，直到口干舌燥，眼冒金花。她催促说：“要不你帮忙选一个，不用带我看的。”

我舔了舔干燥的嘴唇，严肃地回答：“你不是要学电脑吗？选购电脑，也是学问，别错过学习机会嘛。”

我们终于确定了一款笔记本电脑。就在填保修单时，旁边突然有人大喊一声：“跳跳！”

这声音像是从天而降，让我们吓了一跳。然后，我就看见一个染着黄发蓄着山羊胡子的家伙，正向宁小远挤眉弄眼，那无比惊喜的表情差不多像是中了百万大奖，关键还是路边捡来的兑奖券！

宁小远脸色有些发白，显然刚才是喊她。她向我示意等一会儿，然后转身往不远的走廊走去。那家伙跟在她旁边，远看身材瘦得竹竿似的，上面还费劲地顶着个摇晃的脑袋。

很不习惯这突如其来的变化。我歪倒在椅子上吸烟，眼望他们在那边说话，心想这关系看来有点不同寻常。

那家伙正指手画脚，还朝我这边探头探脑了一下，又说了几句，他就试图拉宁小远的手。宁小远往后躲，他猴子捞月似的，啥也没抓着。

形势不妙，他向我这里气势汹汹地来了。摆明有两种可能：一是针对人，二是针对物。针对“物”，电脑还没到手，犯不上没事找事。我脑子转得不慢，针对“人”，——那就是我了。死要死得明白，我忙从椅子上爬起来。

这家伙站在我面前了。宁小远也赶过来，看她咬着嘴唇，锁着眉头，面色痛苦。那家伙却嚣张地双手撑腰，好像给“竹竿”加固似的。他又歪了脑袋，一副看我不顺眼的表情，拉高调地问：“侬是伊个男朋友？”

这样子很欠扁，真的，说谎是我不对，但挑衅就是你的不对了。何况，我已经很习惯说谎了。我挺了挺腰身，字正腔圆地回答：“是的。”

“我操，手都没牵，我看了很久！”这家伙不爽地“哼”了一下鼻子，好像自己是个大内密探。

想牵就牵！我看看宁小远，伸出了手。这会儿心情豁然开朗：就算不是见义勇为，也算是英雄救美。

宁小远会意地拉住我的手，站在了我的身后。

这大大地激怒了“竹竿”，他嘴里嚷着“去死，他妈的”，开始跟我来抢夺宁小远。我个子没有“竹竿”高，但是我的吨位那是相当结实。伸手一推，“竹竿”就趔趄了好几步。我回头对宁小远说：“你快回！”看她一副杞人忧天的眼神，我加了一句：“没事！”

此时走过路过不愿错过的男女们已形成了一个包围圈。这家伙眼见宁小远要走，冲过来，被我毫不留情地扭住了。他对我拳打脚踢，脸却对着宁小远方向，嘴里不停地嚷：“侬个臭三八！婊子！妓女！”

这真他妈难听。我愤怒了，腾出右手攥紧拳头，抽身离开一个箭步，旋即回身，拳头就直奔“竹竿”的嘴巴去了。他惊慌地歪脑袋，拳头“嚯”地砸在了左下巴上。我的脚也没闲下来，跟上去扫一腿。这家伙双手护脸，身体失去重心，“扑通”摔在地上。

不远有人在嚷嚷着：“打架了！打架了！110！”我最后看了一眼正在努力往起爬的“竹竿”，转身冲开包围圈，人们很配合地让出一条路来……

25

我打车回去时，才发现脸上竟然被撕拉了好几道，一抹一巴掌的血。

出租车行驶在延安高架上，两旁闪烁的灯火让人觉得一切如此飘忽不定。我竟然又为了一个女人打架！几年前，那个大三女生引出了马甲被逐出校门。几年后的今天呢？这让我对自己有些生气。

那时候，宁小远正站在楼下等我。当出租车在门口停下时，她跑了过来，替我付车费。我钻出车子，一副凯旋的感觉。

那时候已将近夜里十一点了，四周很安静。在路灯微弱的光线下，只有夜风吹着身旁的草木发出窸窣的叹息。我掏出一支烟，刚点上，她向我伸手，说："给一支。"

我不动声色地递过去，看她低头很熟练地弹出一支，用手避着风头点着后，长长地吸了一口。然后，她靠在大门前的柱子上，没有说话。

我当然不吭声，我想现在不是我说话的时候。

终于，她开始了解释。她说："他是我前男友。他也挺可怜，坐过牢，出来后我想帮他，想一起好好重新生活……但是他还是鬼混，对我也不好，我们后来只好分手……"

她停顿了一会儿。我并没有搭腔。于是她继续说："很对不起，把你牵扯进来，请原谅，今晚真的很谢谢！不是你，我都不知道怎么办。"

"不谢，应该做的！"我接过话，也很好奇，"他为什么坐牢？"

"算是为了我吧。"

"为你？"这让我大吃一惊。

"嗯。"

"那你们还分了。到底为了什么？"

"他很冲动，打架。"

这让我对"竹竿"有些刮目相看。一个为了女人打架坐牢的家伙，好像可以做我马甲的前辈了。我一时很是无语。

她没有再说话，好像沉浸在久远的回忆中。过了一会儿，在我探寻的目光下，她抬起头，并没有看我，我却分明看见有眼泪挂在她的脸颊上。

我转过身说："天冷，还是上楼吧。"

有点儿患难与共的感觉。坐在客厅里，我们聊刚来上海的情形，聊老家的情况。

她告诉我，她父亲在城里盖高楼摔成了瘫子，她负担起全家的生活，包括她弟弟宁小城上大学的花销。

我也告诉她，其实我父亲比我母亲大 20 来岁，母亲还是个跛子，哈哈，你要是去我们那个小镇里，一眼就能认出来。

马哥，你相信命吗？

我不信。你怎么会想到这个问题？

你要信的，真的，神灵是存在的！

我不由笑起来。

马哥，带你去见我师父，你一定就信了。

师父？和尚？

不是，师太。宁小远的脸色突然红了起来。

灭绝师太？我再次没心没肺地傻笑起来。

不和你说这个。宁小远撇着嘴走进了房间。

我想，假如没有这次夜话，我们的人生又会怎样？

26

第二天中午，我正在吃午饭，接到了宁小远的电话。她焦急地说：“马哥，他找来了！刚才下楼时，我看见防盗门外有人，竟然是他！”

“怎么找到的呢？”我问了一句，马上就想到原因，“我们在百脑汇填过单子，肯定是那边泄漏了！”

“怎么办啊？他可能会上楼的！”

“别慌，你先在家，哪儿也不去。我想想办法！”

一般来说，坐过牢的人不可怕，怕就怕他破罐子破摔。因此，我马上给宁小远电话了，我说：“办法很多，总之惹不起躲得起，你还是搬走吧。”

“我想也是。”

“你先可以去旅馆住几天。”

“那你呢？”

“我哪儿住都行，没关系的。”

“他会找你麻烦的。”

“我是光杆司令，谁怕谁呢？”

“要不，一起搬好吗？”宁小远的邀请显得自然而然。

“一起搬？”

“嗯，不需要你付房费的，好吗？”

“这——不太好吧。”我心想，邪门啊，我马甲又有免费住宿了！这是什么世道！

“帮帮我，就算——租你做男朋友……”电话那边的声音渐渐小了。

“租？”电话这边我却拉高了声音，突然想到大庭广众，硬是把后面的话吞进了肚子里。

“好吗？马哥哥。”说到马哥哥的第二个“哥”时，她的音调有些婉转，甜甜的。

“我再想想，你要搬是一定的，赶紧收拾收拾吧。”

挂掉电话，我愣了好一会儿，饭菜凉了，也吃不下了。我突然觉得很好笑，先前租房子，现在租男友，在这座城市里生活真是有意思，玩笑越开越大。

不过，能免费住房，还有一个温柔漂亮的“女友”，为什么不呢？

我在QQ里告诉了柳晓君。

柳晓君说：“我现在发现，未婚男人是真的靠不住。”

“不就是租赁关系嘛，我还不花钱，多划算？”

“孤男寡女，独处一室，还有好啊？哼！”

“别这么难听，是同一屋檐下，各处一室。”

“假戏真做呢！”

“不会的。”

“你敢说不会发生点啥意外？敢说吗？”

柳晓君这话是有所指的，这让我想起年初那个杜鹃花开满客厅的上午。我有些哑口无言了，只好说：“人和人的感觉是不同的。”

“那是，人和猴子的感觉更不同。”柳晓君的话总是那样犀利，充满了火药味。

我无奈地关掉聊天窗口，起身干活去了。其实，我是有点儿“占便宜”的心态。免费住宿，对一个正在为生活奔波奋斗的人来说，诱惑力不是一点点大。

那时候的马甲，每天学着那些尚在落魄中的有志青年，给自己无限激励：伙计们，14 岁做民工的王宝强，被老婆养了 6 年的李安，被体育老师看不起的乔丹，被拒绝上千次的史泰龙，1974 年被人笑话是洗车工的周润发，1999 年被人说骗子的马云，都成功了！有梦就要去奋斗，马甲的梦想真的很简单，就是——赚钱！赚钱！

27

新租的房子靠近郊区，属于精装修的电梯房。

那时候，气温开始上升，大街小巷从冰冻中渐渐苏醒过来。春回大地，小区里的草坪像是浸入了一片绿色的墨池，肆意的碧绿。道路两旁的花木，蜂飞蝶舞，生机勃勃。

“竹竿”再也找不到我们了。我们就像掉在茫茫太平洋里的一根针，他就是拿着足球场那般大的吸铁石也无从下手。

清晨，我可以喝上一碗小米粥上班。下班回来时，厨房里已飘出诱人的饭菜香味。吃好晚饭，我们会去散步。小区很大，绕着小区晃悠一圈，大概需要半个小时。微风送爽，空气清新，多半时候，我们一路说说笑笑，晃晃悠悠就是一个小时……

我们像是一对情侣，或者说一对小夫妻，吃饱了没事干，混迹在人间：有月亮的夜晚看月亮，没有月亮的夜晚看灯光。

那时候，宁小远坐在湖边的长椅上说：“这样真好，可以什么也不想。要是一辈子这样，该多好？”

当然，这样活着怎么可能？

有时候我们也会聊起她的爸爸。他现在还住在医院，幸亏有妈妈和姐姐在照料。

“这种日子，对病人是痛苦，对亲人是压力。”

“要是能治，就是用生命来换，我也愿意！”宁小远的话随口而出，却让我很感动。父母对自己的孩子，往往容易做出任何牺牲，可是孩子对父母却不一定。

“他更愿意看见你好好地生活。”

“是的，他一直担心，说我现在不小了，这个岁数该嫁了。他托人给我说媒，见了好几个，没一个合适的。为了不麻烦，去年我就说自己在外面有男友。现在，他要我带回去见他。我哪儿去给他找。”

“可以——租男友见他，这事儿很多的。”我顿了顿，郑重其事地对她说，“我也可以效劳一次！”

“哦，谢谢！那不是骗他吗？”

“没关系，老人家也是为了安心，了却他心里的一桩大事吧。”

“冒充男友，是个办法呀。”她笑起来。

“冒充不冒充，不介意转正，哈哈。”我边说边往前走，这话的意思让我不敢停下来。

“哦！”她愣了一下，跟上来解释说，“谢谢，可是——”

“随便开个玩笑！”我赶忙打断她的话，大声笑起来，好像刚才那话就是开个玩笑。

我想，世上很多美好的感情，总是需要配以适度的距离。太远，或太近，都可能会变得不堪。

我敢说这是马甲我迄今为止感受非常美妙的一段时光。尽管我和大三女生的故事，回忆起来也不乏美好。但是，那里总有一种隐忍的滋味贯穿始终。

记得就在那个信用卡刷爆后的春节，我们还是平静地坐在了一起。

“小璐，我不想多说。或许，你并不知道你真正要什么。”

那时候的小璐，默默无语，泪眼婆娑。

唉，我都不哭，你哭什么呢？有比马甲此刻内心更受伤的吗？

我们就这样分手了。没有留恋。也没有再会。

我想，和大三女生的故事，告一段落吧。年复一年，寒暑交替，这个世界不会因一人一事而须臾停顿的。

在马甲的生命中，许多的人在离开，许多的人在出现，比如柳晓君，比如宁小远。

28

一个月后，我以男友身份去见了宁小远的爸爸。

那时正值五一劳动节，我和她的弟弟宁小城同行。宁小城一路自我安慰地说：“南通大桥要通了，以后从上海开高速列车过去，到时候住哪儿不都一样？其实磁悬浮也是可以的。我们那边的房价也要翻个好多倍！”

这孩子还挺自以为是。我点头表示知晓，却无心接话。

这是一座小城，从上海乘火车需要十来个小时的车程。因为在苏北，沾了一个“北”字，经济也像北方的干冷气候一样，远远没有南方来得火热。

我们没有回宁小远的老家，而是直接去医院见她的爸爸。宁爸爸躺在病床上，已是满头白发，颧骨突出。看到我，他热情地伸出手来，——要同我握手。伸出手后，他捏得紧紧的，并没有松开的意思。这让我有些不安，忙说：“叔叔，你要好好调养。”

他笑着点头，转脸又去看宁小远。宁小远也会意地坐了过来。他一手拉了我，一手拉了女儿，欣喜地说：“见到你们，我很高兴，我很高兴，我放心了。”

他说了两遍“我很高兴”，眼泪就溢出了眼窝，继续说：“我家小远是个好孩子，很苦，很懂事，就是爸爸没用，这些年全靠她养着这个家，自己也没上学，爸爸对不住你……”

“爸，别说——”我就听见了宁小远哽咽的哭声。

“孩子，你让爸爸说，这些年全家人都欠你的，现在有了归宿，爸死了也放心了！”

“爸！”是宁小城哽咽的声音。在场的其他人都在擦眼睛。

“往后，还请你好好照顾我家小远，一起生活不容易，要相互照应……”宁爸爸轻轻放开手，身子也缓缓躺回去，“我的时间估计不长了，你们都是一家人，以后城城要多听你们的，你们也要带着他，那我就放心了。”

这算是交代后事吗？可怜天下父母心！我开始有些后悔，这样的冒充，面对为人父母的一番良苦用心，实在有些残忍。

这时候，宁爸爸从怀里掏出一个黄纸包，边塞给我边说：“第一次见面，这是祖上传下来的一块银圆，送你留个纪念。”

很意外，我忙起身推辞，“叔叔，这——不好这样！”

“孩子，来，拿着吧。”他朝我挥手。

我忙向宁小远求助。

她眼里的泪水正往外掉，哽咽着说：“给你，你就拿着吧。”

我只好上前接下来，说：“谢谢叔叔。”

“好，下次改口吧？”他疲倦的面容下一脸期待。

我迟疑了一下，用上全身的力气轻轻地叫了一声：“爸！”

“淡看世事去如烟，铭记恩情存如血”，这样的时刻，何道亲人与路人？

29

晚上，我和宁小远去咨询值班医生。

留着八字胡的医生少见地点上了一支烟，缓缓地说：“你们是大城市回来的，说实话，血透是保守治疗，没什么希望。要想康复，还有一个办法，换肾。”

“换肾？”

“是的，你们不是在上海吗？上海医疗技术是全国最好的，经济条件允许，又有熟人关系，成功概率很高。”

“要是不换肾，估计会怎么样？”我想想又追问了一句，“病人还有多长生命？”

“大概也就一年半载。”

“换肾呢？”

“换得好，有的20年也没问题。”

“费用大概多少？”

“蛮厉害的，一般都在20万以上。”

20万，的确不是小数目。从医生的眼睛里，我找不到换或不换的态度。怎么才能有这么多钱？

我陪宁小远走出医务室时，她一直没再说话。我有些后悔问得太多。想想，知道亲人只剩下那点可怜的时光，是什么滋味？

这是一个很孝顺的女孩子，她要再陪爸爸一会儿。

我先回了旅馆。宁小城和衣倒在旅馆的床上，眼睛盯着天花板发呆。

在我洗澡后走出来时，他已经坐在了椅子上，看着我，像是想说什么。

我侧头拍着进水的耳朵，问：“你怎么啦，要和姐夫说啥对不对？”姐夫！我发现，原来我身上真有不少占小便宜的市侩气。

“你们不说，我也知道你们的事！”宁小城斩钉截铁地说。

“啥事？”

“你们演戏，不是真的！”他倔强地歪着脑袋，一脸的不容置疑。

“哦，呵呵！”我心里咯噔了一下，想以他这么聪明的脑袋，看出来也是正常的事情。看来我这姐夫是不好当了。

“没说错吧？”

“那也没准的，就是现在不是，以后是呢？”

“不会的，我很清楚，不会的。”

“哦？”我还没说我不肯呢，倒被他长脸了。“姐姐的事，你还不懂嘛。”

“不说这些，我想要回那块银圆！”

“哦？”这小子揭开内幕，兜了这么大圈子，原来是为了这个？我眉开眼笑，大方地说：“说实话，我本来就不要。不就是一块银圆吗，不值钱啊，怎么还成了你家的传家宝。”

“那给我吧。”

“小伙子，别这种语气，我说到做到，你拿去吧！”我开始翻找衣服口袋。

“我是要还给我二姐！”

“哦？那也没问题，很简单，说是给我，其实你爸是为了你姐。”

“是的，属于她的！”宁小城说话的方式很特别，一直是那种必须、肯定、绝对的口气。

“那就由你还给她吧？”

“我从没见过呢！”宁小城欣喜地接过纸包，小心拆开，是一块有点近乎黄铜色的银圆。“谢谢你！”

“谈不上的。”

小城这会儿神色好看多了，说：“你睡床吧？我睡地板，柜子里有被子。”标准间两张床，他让给我一张，剩下一张留给宁小远。

我懒得客套，说睡就睡，并且很快就睡熟了。

那天晚上，梦里宁小城好像把银圆给了他二姐宁小远，又好像舍不得给，末了“嘿嘿”笑着藏进了自己的口袋里。而我好像会移魂大法，口中念念有词，双手一抖，那银圆就一溜烟地从我手心里冒了出来。我要还给宁小远，这时候我另一根神经又想，这个万一不是银圆呢？恍惚中我就来到了拍卖中心，那里的人在不停地举牌子，其中有一个人我好像哪儿见过，仔细一想，是柳晓君的那个朋友，在豆捞坊里一起吃饭的，——那位大老板刘总。我突然感觉此地不可久留，机警地从地下室钻了出去。一路狂奔，出来竟然是苏州河边柳晓君家的房子了。那时候，柳晓君正在阳台上向我招手……

30

我醒过来时，已是第二天清晨。宁小远起床了，正在吃早餐。我向地上看，宁小城不在。晃晃脑袋，撑起身子，我打了一个长长的呵欠。

“醒啦？吃早餐吧。小城去医院了，我今天带你去外边走走。”

“是吧？免费旅游？”我精神倍增。

“当然，你是贵客，我要略尽地主之谊嘛。”

我滑到床头边，离宁小远大约不到一米的距离，看着她说：“其实，也不算贵客，是上门女婿，对不对？”

“你又开玩笑了。”她微微噘了一下嘴。

“说真的，开玩笑王八蛋！”

“我不信。”她转过身子，背对着我。

“口说无凭，行动为证？”话音未落，我脑子里的哪根筋搭上了，像个长臂猿猴似的，不由分说地从椅背后拦腰搂住了她。

她稍微挣扎了那么一下，就没了动静。

我也不动，一时竟然不知道说什么好了。因为我好像想说，“宁小远，我喜欢你”。

好一会儿，她轻轻地叫：“马哥哥。”

我没回应，保持着固有的姿势。

“马哥哥。”她再次叫我。

我还是没回应，那会儿我的思绪有些迟滞，有点儿沉醉。

她用手握住我的手，缓缓分开来，然后转过身子。这时候，我看见她竟然满眼的泪水，正簌簌地掉下来。

这让我吓了一跳，刚才那些胡思乱想早已飞到九霄云外了。我缩回一只手，紧张地问：“你怎么了？”

她泪眼婆娑地看我，咬着嘴唇，微微摆头。

“是你爸爸的事吗？”我突然觉得自己实在有些无耻，不合时宜的轻浮。

她还是咬着嘴唇，微微摆头。

“是家里其他事吗？”

她还是摆头。

“那你——”

“马哥哥。”宁小远侧过身子，向我靠过来，开始了抽泣。

“没事，没事的……”这会儿我不停地拍着她的肩膀，像个老人家在安慰受了委屈的孩子。我心里的确不是滋味，她到底怎么了？

31

旅馆的那个早晨，在我的记忆中刻下了深深的烙印。很美好，就像春水漾过的池塘，清凌凌地装下了一池的蓝天白云。

那个早晨，我们依偎一起，让我觉得人生纯粹得就像那蓝天和白云。只是我未曾深想，相对蓝天一般的生命，人们之间多半是停歇的云彩，聚散往来，或许固执于刹那以为永恒。

那天上午，我们去了这座城市的一些景点。包括一座寺庙，那里住着她的师父，一个小矮个儿师太。我们在那里用的午餐，感受了素食仁心。

那时候，宁小远的虔诚膜拜，在我这个接受“无神论”教育后的新青年来看，只算是一种愚痴。我从来不相信这个世界上的神灵，会要让人这样去匍匐叩拜。然而，叩拜后的宁小远，显得心情舒畅了很多。这种心境，那时候的我是难以理解的。

寺庙并不大。院子里有一棵当作许愿树的松木，足足有三层楼高。松树上挂着很多铃铛，还有数不清的红丝带。风起时，满树铃铛“叮铃铃”作响。

在宁小远许愿过后，我搬来梯子，攀爬到快接近树尖的位置，晃晃悠悠地把那条许愿后的红丝带，系在了上面。

当我往下看的时候，宁小远正站在树下不远，仰着脸蛋，一手搭在额头处，略有些紧张地笑着喊：“小心！快下来吧！”

那时候，有阳光从树枝的缝隙里洒过去，碎碎的一脸柔光，分外的美好。

32

回到上海，我立即着手一件本来没有寻思的事情。

也许，金钱单独放在一个人的面前，人们还容易分辨是非曲直。可是，当金钱不再是金钱本身，而是能够带来其他利益时，人们开始变得贪婪、混淆了。

我主动约见了柳晓君。我告诉她，你说的那件事情，总裁的电脑信息资料，我已经想好了，咱们干一票。

柳晓君被这突如其来的“决定”弄得有点儿不敢相信。她不知道马甲这是怎么了，到底发生了什么事情，反倒质疑起来。“喂，好傻，你确定要干？你不怕出事？”

“当然干！放心吧，我做IT的，这技术属于小Case！前脚取好信息，后脚还能把痕迹给抹掉。”

“好！这样就好！”柳晓君的眼睛大大的，里头亮晶晶的。我想那里头尽是闪闪发光的“钞票”。

“不过，我要现金，必须给我十万现金！”我以一种毋庸置疑的口气声明。

“急成这样？缺钱啊？！”柳晓君笑了。

“有个朋友急需用钱，不够！”

“好傻，你这傻瓜，够仗义！”柳晓君笑着骂，手指头都戳到我的脑瓜上了，“不过，我喜欢！”

傻吗？确实有点傻吗？那时候，我们正站在这座城市的天桥上，看着十字路口来来往往的车辆，忽东忽西，我突然有点迷糊，一种不知身在何处的陌生感，心里突然冒出王菲的那首歌：

我愿意为你，我愿意为你，我愿意为你被放逐天际。只要你真心，拿爱与我回应，什么都愿意，什么都愿意，为你。

33

三天后，我拿到了那笔“不义之财”。那时候，物欲横流的我更愿意把这当作“劫富济贫”。而不知道，我的自私自利直接导致一家公司的商业危机。

那个傍晚，当我兴冲冲地提着沉甸甸的马夹袋打开门，却意外没有闻到厨房里飘出的饭菜香味。宁小远坐在客厅里，呆若木鸡。

“你怎么了？”我疑惑地问，想寻找她的眼神。

她低着头不愿意看我，不动声色地说：“没什么，我想离开一段时间。房子租金付了，你可以继续住。”

“为了手术的事情吗？我们可以想办法啊！你瞧，这是什么？！”我拉过一把椅子，坐下来，把万元一叠的钞票一把一把地堆到桌子上。

老实说，我从没有见过这么多钱！卸下在柳晓君面前的那份满不在乎后，此时我就有点儿哽咽起来。

我看到了宁小远的眼泪。然而，她继续摇头，“我真的要离开了。”

“可是，”我说，“我是你——男友，你可以告诉我怎么了？”

“我们不是真的。”她的声音开始变得刻薄起来。

“行，我同意你说的，不是！”我努力平静下自己的情绪，停顿了一会儿，呼了一口气后说，“作为普通朋友，你也可以告诉我去哪儿吧？”

“去哪儿不重要，总之我要走了，和你招呼一声。”她没有看我，转身进了自己的房间。

突然的变化，让我还能做些什么？我不是一个没有受过伤的人了。

走进厨房，我开始煮起久违的泡面。直到客厅的门“砰”的一声合上时，我才回过神。泡面早就烧干了，已能嗅到一丝焦味。我关掉煤气，站在那儿，听到油烟机上水蒸气凝成的水珠正在“滴答滴答”掉下来。

我很难过，觉得很失败。我甚至懊悔去她的家乡，懊悔叫她的父亲做爸爸。这一切凭什么呢？为了免费住房？免费住房对马甲有这么重要？马甲像她的手提包，想装啥就装啥？

吃完重新烧好的一锅面条，喝掉剩下的半瓶二锅头，那时候大概电视里的《晚间新闻》都结束了。抱着桌上那堆钱，我再次莫名地大哭起来。潜意识里，我并非不知道，这将是我人生的一个污点！我并非不知道，这是为非作歹的非法勾当！可是，为了一个女人，我马甲再次把自己全然不顾地豁出去了。可是，她竟然不在乎这些心甘情愿的“牺牲”！

我想，大约从那时候开始，我特别能理解这个社会上形形色色的人。为什么杨振宁先生和翁帆结婚？为什么你不会选择杨振宁先生？为什么这个世界有小偷？为什么偏偏他是小偷？为什么？

每个人都有自己的生活，浮生之城，一如浮萍……不知到了夜里几点，迷迷糊糊入睡前，我给宁小远发了条消息：

好吧，世界那么大，你想去哪就去哪！

第二天早晨，醒过来后看短信。她没回。

这在我意料之中。我对自己说。

34

大约就在两天后的一个下午，发生了震惊中外的5·12汶川大地震。那时候，我坐在电脑前，感觉身体有些摇晃，脚下踩不踏实，我还以为电脑看久了正在头晕呢。然后有人在喊：“地震啦！”这一喊，大家才明白过来，多半三魂丢了两魂。

我们前呼后拥地往楼下跑去，电梯已经停了。等我从二十六楼跑到楼外的广场上时，整个人已是两腿发软，上气不接下气。靠在一棵树上，我用手抹了一把脸上的汗水，那一刻，我竟然想起了宁小远。

她在干什么？知不知道地震了？在安全的地方吗？

我拿起手机，焦急地拨出电话。很意外，她的手机再次联系不上，就像大年三十那天。难道又正好在飞机上？放下电话，我心里说不出的失落。这个时候，我发现了马甲的真实内心世界：马甲必须承认牵挂宁小远！就是宁小远不牵挂马甲，马甲还是无需承诺地牵挂宁小远！是的，就是这样！

柳晓君来到我面前时，楼上能下来的活物大约全下来了，就连谁家养的宠物狗也在人群里乱窜，汪汪狂吠。她面色苍白，很不开心地说："马甲，你好过分，我喊你都没听着！"

我摸了摸脑门，我真的是忘了！我只好安慰说："太闹，我都没听见，你歇会儿，我去买水。"

等我回来时，已听说是四川地震。想想，得有多"震撼"，才能在上海弄出这样的动静？不过，那时候我们没有概念，谁也没经历过大地震，也不知道伤亡情况。那时候的我们还在那里纸上谈兵，大打口水战……

柳晓君没有谈这些。柳晓君那时候喝了几口水，消消气后，蹲在花坛边找我说话。柳晓君说："好傻，你要帮我一个忙！"

"啥事？"不再宣示房子主权，我想总该清静了。

"我宫外孕了。"

"啥孕？"我皱了皱眉头。

"声音轻点不行？是宫——外——孕。"柳晓君压低声音慢腾腾地说。

"我不懂这个咧。"

“咳，就是类似要去——人流。”

“哦，你——”

“这个要住院签字的，我不想让家人知道。”柳晓君用水瓶子推开我指着她的手。“你帮我签！”

“我？”我缩回手，从口袋里掏烟，觉得有点儿可笑，“谁的谁去签啊？”

“人家不方便嘛！出差外地了！”

“那当时怎么有工夫方便呢？”我挑了挑眉毛。

“马甲，不要这么嬉皮笑脸的好不好？我现在说正经事呢！哼！”柳晓君把脸调向一侧，似乎那儿有什么东西引人注目。

“对不起，我是要严肃点，不过你也该让我知道，谁的？”

“你的！”

“我的？什么时候？”

“讨厌！”柳晓君自己先笑起来，说，“好啦，就是上次豆捞坊的朋友，记得吧？”

“哦！大老板啊！”我点点头，难怪前些天还梦到他在拍卖中心举牌子，当真阴魂不散。“你们一起了？”

“还没有，他准备离婚。”

“因为你？”

“才不是啊。”柳晓君辩解，“他们本身就过得不好。”

“哦，本来不好。”我若有所思地说。

“好啦，答应了哦！”柳晓君又拿瓶子敲我的胳膊，“喂，傻瓜？”

不知什么时候开始，她还会把“好傻”直接喊成“傻瓜”了！

“多大点儿事？”我呵呵笑起来，强调说，“又不是让我替你，我也没那能耐呀。”

“贫嘴！回楼吧！”柳晓君把喝完的空瓶子塞到我的手里。不远处，物业保安正拿着喇叭喊：“接上级通知，没有危险，请大家放心办公。”

35

回到楼上，我再次想起柳晓君那次吃火锅时醉眼迷离中的话，“喜欢一个人，却不能在一起，咋办？”那个人，现在我确认不会是我马甲了。

我给柳晓君QQ消息，拷贝了一遍她的话，“我喜欢一个人，却不能在一起，你说咋办？”

柳晓君先是“汗”了一下，然后说：“好傻，凡事不能强求，随缘吧。”

“可是，我真的忘不了。”

“我们学会珍藏这份感情吧，傻瓜，我想，会有别的好女孩喜欢你。”柳晓君安慰我。

我抓了抓脑袋，——她以为我是在说她吗？我内心也狠狠地“汗”了一把。

柳晓君转了话题，说：“快帮我查查地震情况吧，他正好出差四川，现在电话都打不通了！”

这么巧？我上网查了一下，新华网是下午两点四十六分发布快讯：四川发生7.6级地震。其他媒体都是类似的报道或转载。那时候，我们对后来如此耸人听闻的伤亡数字一无所知。当然，地震肯定会死人，这个我们很清楚。

那天下午，我还在想，生命是多么宝贵又是多么脆弱，拿老话说，今天晚上脱了鞋子还不知道明天能不能穿上。一个人生老病死的，能全经历下来就很不容易，何必那么折磨自己或刁难别人呢？要知道，有的还未出生就被人流了，有的出生还未成年就夭折了，有的成年了却或自杀或他杀或水患或火灾或瘟疫或地震，甚至莫名其妙被哪儿飞来的炮弹给弄没了……

这么一想，心里就充满了怜惜，觉得生命来之不易，有很多的理由让我们健在的人要好好地生活下去。

于是，我去用心地捐了一点善款，去网络上为祖国加油，去人民广场为逝者哀悼，包括毫不犹豫地送柳晓君去医院做那个宫外孕手术。

柳晓君住院的这一周，让我对生命更是慨叹。一个未出生的小生命，要是长的地方不对，也会害人害己。人类活着，多像一个庞杂的宫外孕，在历史的进程中不断地进行嫁接、调整、疏通，互为因果。

我就想起了林大勇。我和林大勇的因果是这样的：

关于我的高祖在中国这片古老的土地上如何繁衍生息，乃至我的爷爷怎样的“土豪”导致我的父亲40多岁还娶不上老婆，不予追究。这之后大约是：

假如，我不会为一个女生把那家伙干倒，我怎么会被迫离开学校？

假如，我没有离开学校，我又怎么有机会跟着林大勇去那个工地？

假如，我不会在工地上干活，又怎么会被那个倒下来的塔吊差点儿“盖帽”？

假如，不是我被那倒下的塔吊差点儿“盖帽”，林大勇怎么可能扑过来救我？

结果：我活着，林大勇没了！

至今，我还记得林大勇趴在地上，满嘴流血地睁大眼珠看我的那副表情，那是他最后的一个表情，充满了成功的满足。然后，他就没了。

人的死，这么容易。他没赶上几十年前为民族战争去光荣牺牲一下，也没等上为汶川大地震去救死扶伤立功一次，就这样地结束了自己。

假如，我没有带着愧疚和痛苦在这里说出来，那么他就会像冬天的梧桐树上掉下来的一片叶子，从此无声无息于世界。

这和我们很多很多的人，一模一样。

36

大勇的故事，没有任何英雄可言。相反，事件发生后，赔偿了几十万元的包工头骂骂咧咧就没有停过。

原谅我，马甲一直就不是一个绝对正义的人，马甲类似当前社会中的那么一撮人，——没有说出林大勇是为了救自己才丧命的。

多年后，哪怕马甲创业成功，跻身千万身价的行列，依然想不通，为什么那时候会说不出口，为什么没有那份勇气。马甲的性格中，到底还暗藏着多少灰暗的、懦弱的、不堪的东西！

那是我生命中最为惨淡的时刻。那种感受远比离开校园还来得刻骨铭心。

那时候，我和大三女生的故事还没有开始。

我如此落寞而凄惶地护送着他的骨灰回到老家。

无冕英雄啊，救命恩人啊！我心里默默哀悼，已经忘记了哭泣。

那时候，无边的痛恨、愧疚、无助或者掺杂了其他的什么，让我哭不出来。

落葬后的那个午后，我一个人，孤寂地坐在坟前的沙土上。好友一世，如今阴阳两隔，尽是黄土一坯。一种命运的绝望，正在吞噬着我。我突然就想到了死。死亡有时候并不可怕，如果一个人绝望到一定的程度。可是，我要去死吗？为什么要去死呢？

夕阳西下，远山显出一抹昏黄。风过坟头，纸幡在沙沙作响。忘记了时间，忘记了身在何处……不知道过了多久，直到我的父亲在不远处喊：“二略，回家吃饭！”

回家。吃饭。一个人从小到大都在重复的事，此时在老父亲的喊声中，让我听见了童年，人生最美好的时光。

大勇的故事，我想就此告一段落了。

37

从老家回到上海后，我突然发觉工地本身就不是我该选择的地方。选择错了，害人害己！我应该从这里走出去，混上另一条路。于是，我重新包装自己，开始混迹于人才市场。

当然，那是一段有过迷惘的日子。租住的房子里，住着个哲学硕士研究生毕业的哥们儿，马甲觉得他连迷惘都算不上。当他拿着哲学硕士证书找工作时，就像拿着驴头去配马嘴，天知道他每天遭遇的是什么情况……

总之，一路东征西讨，南征北战，2007 年年初，我终于在目前这家公司负责 IT 工作。这一混就混到了 2008 年的此时，中国发生了汶川大地震，柳晓君发生了宫外孕。

出院后的柳晓君,脸色一直很苍白。半个多月也没见来上班。那个头发根根直立的人事经理在办公室里暴跳如雷，对手下嚷嚷：是不是不想干了？这年头，她这样的人是大把的!

我在电话里委婉提醒柳晓君，让她考虑上班。

柳晓君说：“董事长都批了，他嚷什么嚷，是不是干得不耐烦了。”

我说：“你的工作堆在那儿，他们抽不出合适的人，所以抓狂嘛。”

“好傻，都是欺软怕硬，他就是发发牢骚罢了，老娘不是吃素的,哼！”柳晓君笑了,“让他们顺便晓得公关部门的辛苦！”

“那你准备啥时来上班？”

“过一个礼拜吧。咱们这样的部门要注意形象，你说是不，总不能一张老脸对了 VIP 嘛。”

“那也是。”我突然想起件事，“你的离婚现在怎么样了？没听你提了。”

“他已经同意离了，房子也同意给我，不急了。”

“同意不等于是既定事实。”

“没问题，他那人容易搞定，迟点早点都会离，反正，我还不急着结婚。”

“那也是。”挂了电话，我躺在床上睡不着。

现在,电视里正在直播灾区情况,一幕一幕的灾情惨不忍睹,赈灾的画面让人满怀感动。我想，也许，每个人都在寻找着属于自己的一种更好的活法吧。

38

再次看见宁小远，是一个月以后了。她回来了，一脸的疲惫，裙子下的小腿上还缠着纱布。我本来还是有些生气，为她那时候无来由地离开我。可是当看到她时，我实在太不争气了，心里在想，她总算来见我了！我装作若无其事地问：“你的腿怎么啦？”

“去外地不小心磕碰的。”

“还挺严重？”

“还好，现在好多了。”那时候她坐在沙发上，依然是她离开的那个晚上坐着的位置，连姿势也差不多。

看来是无事不登三宝殿。因此我说：“有事情要说对吗？”

“恩，是的。”她慢吞吞地说了，“请你帮我一个忙。我爸爸要在上海做换肾手术，他想见你，你知道，他以为你是女婿……我请你帮我这个忙，本来说不出口，有些事我对不起……可是为了病人考虑，还是请您帮帮我，我会很感激……我也可以付你一笔钱，毕竟耽误了你的时间……”

“好了，打住！”我说，“钱是不要的，何况你们要花很多钱，我可以帮这个忙！”

“谢谢——马哥哥，你真是好人！”她站起来，声音有些哽咽，正用手擦拭着眼睛。

我转头看阳台外的夜景，解释说：“没什么，就是地震中不认识的人，不还是互相帮助？”

当天晚上，我就随她去见了她的父亲。那时候他们住在医院旁边的宾馆里，随时等待肾移植手术。她的妈妈和姐姐也来了。看见我，宁爸爸激动地爬起身，“孩子！”

我快步过去扶住他，“别起身，——爸，您就躺着。”

“孩子，这次连累你，要花这么多钱。”

“没啥，钱花了能再挣，人是第一位的！”我安慰说。宁小远告诉我，钱是她借的，但对她爸爸说是我出的。

“我都这个样子了，多活一天就是多一天累赘，你们孩子有孝心，我不想拖累你们。”宁爸爸的眼泪就出来了。

宁小远走过来握住他的手，说：“爸，快要手术了，你还说这个干吗，开心点，好日子还在后头呢。”

“看你们都好，我就放心了，马甲工作忙，以后不要来，听说你一直在熬夜加班，要注意身体呀。”

“我会注意的，您放心吧。”我看看宁小远，心想这姑娘还真会圆场。

“爸，他晚上还要回去加班，我先送他。”宁小远向我点头，手伸了过来。

我会意地起身牵手作别。我们手牵手，一路说着话，走进了电梯，直到出了宾馆，我才意识到这手早已不用牵了。我说：“那我走了。”她点点头，没有说话。

我不想再看她，老实说，我实在想不通这是个什么样的女孩。

39

一周后，一个周六的上午，我自作主张地去看宁小远的父亲。我甚至不想告诉她，我去看她的父亲。因为这不是为了示好，这只是我个人乐意这么干。

她父亲已经手术了。宾馆里只有她的妈妈在。她用半生不熟的普通话告诉我，已经手术了。我们无法更多交流。放下买的一点水果，我想还是去医院找找，给他一个安慰。

我在医院里转了好多个楼层，问了来往不少的人，才找到肾移植区域。宁小远的大姐坐在那边的靠椅上，看见我，站了起来。原来，她也不能进去，目前病人还在重症监护阶段，根本不让见家属。我说："那你每天在这里等着？"

她点点头，"我要等他出来。"

"能出来会通知的。"

"等在这儿离得近，心里安稳些。"

这是什么逻辑？我没有再多说话。趁着护士走开时，从病房门上的玻璃逐一地望过去，在靠里的一个门前，我停了下来，——他正躺在里头，上下都是吊针。我有些激动，本来想喊一声，嘴巴张开后，突然觉得"爸爸"叫不出口，只好返身。

我说："里头很好，没事的，你也回去休息吧。"

大姐摇摇头，说还是等这儿，说不定医院要叫家属。

我只好独自出来。那时候已是七月的暑天了。烈日当空，站在医院门内的空调下，看着门外的马路上热气滚滚。

这时候，一辆小轿车稳稳当当地停在了院前，从车里下来一个高挑个子的女孩。我的眼睛睁大了，竟然是宁小远！而车子里，那个戴着眼镜的男人，——不正是柳晓君的男友，那个在豆捞坊里一起吃饭的大老板刘总吗？

这到底发生了什么？

宁小远——大老板刘总——柳晓君！

这到底发生了什么？？

宁小远戴着墨镜，关上门后，又走到大老板那边，弯腰对车窗里说着什么。大老板不停点头，伸手在她的脸上摸了一下！

这简直——太不可思议！

我缩在门口的人群中，看宁小远拎着一个马夹袋目不旁视地走了进去。

那会儿，我的脑子简直要爆炸了。

这是怎么回事？

她和这个大老板是啥关系？

这个大老板和柳晓君又是啥关系？

她们都是怎么回事？

天底下竟然有这么蹊跷的事，全被我马甲给碰上了……

直到宁小远再次坐进小轿车扬长而去，我都没有理清头绪。我甚至想起大年三十那个中午，我们在豆捞坊吃饭，肯定是这个大老板刘总送宁小远去的机场？否则，他怎么会说临时送一个朋友去机场？

我跑出医院，胃里特难受，勉强支撑了一会儿，再也无法忍受地蹲在马路旁的树下呕吐，直呕得我咽喉疼痛，泪水涟涟……

不知道我是怎样神思恍惚地回到了靠近郊区的那套房子。那时候，我躺在床上，头很沉很重，我没有力气将它举起来。我才发现，一个人的头竟然有这么重。我也没有进食的欲望，一动不动地躺在那儿，整整一个下午，又一个晚上，再一个上午。有时候我想要点什么，却想不出所以然，更多时候，我什么也不想，却有眼泪从眼眶里溢了出来。

那一刻，我承认我是被打败了。

但是，人活着要像美国作家海明威，应该有尊严地被打败！

那个晚上，马甲缓缓地爬了起来，就像当年他从地下室蚯蚓似的爬到外面一样。

40

一周后，我发消息给宁小远。那时候，我已经找了一个合租房，我想我该彻底告别这样莫名其妙的日子，是时候了。我说，很抱歉这段时间打扰你，我现在要搬走了。请你有时间过来清点一下物品。当然，你也可以不来，钥匙就在桌子上。

她没回信，很快来了电话。第一遍响过，我没有接。人却像头驴一样，在客厅里转圈圈。当听着电话再次响起时，我的确按捺不住，接了起来。我说："消息收到了？"

"是的，你怎么了？"

"没怎么，高攀不起。"

"到底发生了什么？心情很不好？"

"没啥，我是全世界第一号傻瓜，过两天就没事。"

"别这样，见面说好吗？"

"见面有什么说的？我是个废物，帮不了你！"

"马哥哥，你能帮我，我还想请你见我爸，他还没脱离危险。"

"见不见，都一样，那只是个感受，感受不能做肾移植。"

"马哥哥，你在家吗？"她语气显得有些焦急。

"不在，一会儿去约会！"说完，我就很神气地挂掉了电话。然后，我躺在床上有些发愣。约会？和谁约会呢？

我突然冒出了一个念头，这念头让我觉得马甲太有才了！要是不来一下，我马甲就太孬了！

我把手指掰得"咯噔"响了一遍后，给柳晓君去了电话。我说，"好久没见面。为了上次那个宫外孕，你们俩应该请我吃顿饭吧？"

柳晓君说："没问题，定个时间。"

“就怕人家大老板很忙，哪顾得上这事呢？”

“再忙也得感谢一下嘛，他知道这事的。”

“那等你们老两口了？”

“行啊！”柳晓君顿了顿，语气幽幽地说，“就你孤家寡人的，会不会吃醋啊？”

我很夸张地笑起来，“你放心，我会带上女朋友！”

“这么快就泡到妞了？恐龙吧？”

“见了不就知道？”我卖起了关子。

41

那个晚上真的很热。虽然包厢里开着空调，但我还是浑身直冒汗。柳晓君靠在大老板旁边调侃说：“好傻，是网络上认识的吧？靠谱吗？放你鸽子了吧？”

我懒得理会，转移话题说：“刘总这次出差，正好那边地震吧？”

“别叫总了，咱们是朋友，以后叫刘哥吧。”刘老板扔给我一支烟，自己也点了一支，慢悠悠地说：“正好在都江堰，当时地动山摇，四周的山都在轰隆隆响，屋顶的瓦片咔嚓往下掉呢。进路退路全断，求救电话也打不通。”

“看见人员伤亡了吧？”

“到处都是，我们随行的一位，腿被滚过来的石头磕伤了，一个多小时才等到救援人员，这还算运气好。”

我心里“咯噔”了一下，他说的是宁小远吗？如果没猜错，那就是宁小远受伤的腿？也许他不是出差，是去二人世界了！

“大难不死，必有后福。”柳晓君的手亲昵地搭在刘总肩膀上，呵呵笑着说：“你瞧你啊，一点事都没有。”

“其实，简单是福，平安是福。”刘总儒雅地说。

柳晓君无比赞叹。“刘总是儒商，文化人！”

“文化？文化是什么啊？”刘总呵呵一笑，意味深长地总结道：“那是根植内心的修养，有自我约束的自由，为别人着想的善良……”

好啰唆的文化，让我马甲有点儿发晕的时候，我就听到了敲门声。是我约来的女朋友——宁小远！

这真是激动人心的时刻！

我该怎么形容这样一个时刻？我听到三个人不约而同的惊呼声。宁小远站着没动，尴尬地看着刘总。刘总这会儿也发愣，这算怎么回事？柳晓君觉得不对劲，问：“你们认识？”

“哦，是的，认识。”刘总点头，缓缓说，“一个朋友。”

“她还是租住我家房子的呢！”柳晓君大声惊呼，“太巧了呀！”

“真是巧啊！”那时候，我们并不知道这个巧合的背后还有什么玄机。我站起身，拉了拉愣住的宁小远，说：“这是我女朋友，大家叫她小远吧。”

“我说好傻，你们啥时候好上的？”柳晓君皱起了眉头，若有所思。

“早就很好了。”我说着看刘总，他正看着我，若有所思。于是我很有嘲弄意味地笑起来。

宁小远坐在了我的旁边。我热情地开始介绍：“这是以前的女房东，我的同事柳晓君。这位先生要重点介绍，是柳晓君的男朋友，大老板刘总。哦，对了，你们认识，你当然知道他是大老板，对吧？”

宁小远的脸色相当丰富，一会儿白，一会儿红。等我介绍完毕，推了推她时，她很尴尬地微微一笑，没有说话。

我调头对柳晓君说：“怎么样，我女朋友是恐龙吗？呵呵，今晚不醉不归啦。”

柳晓君一脸疑惑地看我，我知道，她心里在嘀咕什么了。

不过，世界上精明的人聚在一起时，很少发生直接冲突。因为，没有人愿意说破什么。点到为止，是聪明人最“妥妥的”交流方式。

42

这个晚上谁也没醉。或者说根本就没怎么喝。醉翁，不在酒。

如果真要喝酒，又能找谁呢？我突然想到那个在徐家汇被我打倒在地的“竹竿”，让我有些儿惺惺相惜，甚至很抱歉对他过于“重拳”。当然，我不会找他喝酒。

这个晚上，我发了不少消息给宁小远。

我说：你认识的刘老板，好像有很多女朋友吧？

我说：我的同事可能是其中一个。前些日子他去都江堰，我还替他陪人家做人流呢。

我说：这顿饭就是他们为了感谢我。她要我找个女友，我想我为你冒充了好几次，你也为我冒充一次。万万没想到，你们认识。

我没收到她的任何回信。不过，我并不需要回信。

中午午餐时，柳晓君来找我。她神秘兮兮地说：“好傻，我不骗你，那个女的啊，是那种女人呢！”

“哪个女的？哪种人？”

“就是你——女朋友，不好意思，我是为你好才说的。刘哥告诉我了，他是在那种地方应酬时候认识的！”

“哪种地方？确切一点不行？”

“你真的傻啊你，三陪懂不，干吗啊？”

“陪吃陪喝陪聊？挺好啊。”我大声笑起来。

“随便你怎么想。”柳晓君翻了个白眼，不愿意说了。

“什么也不想想。”我低下头，一口饭很久没有咽下去。

“好傻？好傻？”柳晓君拍着我的肩膀。

我仰起头，没有理睬她，扔下餐具转身离开了餐厅。

那天下午，我和主管领导吵了架。准确地说，在他提醒我提升工作效率时，我很意外地发飙了。然后，我请了假。我真的觉得自己有病。这病是不治之症，它太尖锐了，让我那会儿就像一只搁置在架子上的烤全羊，一直是天旋地转。

推销红酒？推销红酒能这么有钱？从一开始她就在隐瞒！她背着我和这么个男人鬼混，还在我面前装清纯！

其实，我早就应该明白。这座城市，在浮躁的茫茫人海中，涌动着无数个这样的柳晓君或者宁小远。她们如此的不同，又如此的相同。

43

搬家那天，我给宁小远发去消息。我说我搬走了，钥匙留在桌上。

我不想再见她，见到又能说什么呢？从此，在这个世界上我们不再联络，就像那些每天在马路上擦肩而过的人们一样，各奔东西，相忘江湖。

柳晓君在帮我清理房间时，怀着无比激动的心情说："好傻，这就对了！搬走吧，总不能和这种女人一辈子。"

"算了，不要这么说。"

"这女人，想想就受不了。"柳晓君一副呕吐状，好像是吃了只苍蝇。

"晓君，你要说就自个儿说去，别唠叨！我不想提起她！"我皱起眉头，猛一脚将一个垃圾袋踢了出去。袋子腾空而起，果皮、瓶子、纸屑等杂物散落了一地。

"哎呀，刚装好！"柳晓君嚷嚷。

这时候，大门开了，我掉头去看，她——宁小远来了！一个憔悴的女人，一副落寞的表情。这表情似曾相识，此时却让我厌烦地别过头，不想再看。

柳晓君聪明地转身去了房间。

我没有动，眼睛看着客厅的阳台，窗外的阳光落在一盆塑胶花上。

宁小远走过来，突然从身后抱住我。都没说话，我用手拿开那放在我腰上的双手。

"对不起！"她再次双手搂住我的腰，整个人靠在我的后背上。

我还是不想说话，我实在无话可说，我只想用手拨开她的手。

她却用力地抓得更紧了，开始哭泣。"不要这样……你在折磨人……你知道我多为难……"

我本来想开口辱骂一顿，这会儿却说不出口。我掰开了她的手，转过身，认真地说："我不怪你！我们不是——朋友！"

她抬起头，满脸泪水，哽咽着问："是不是，我再也——见不到——你？"

“有必要吗？”说完，我掉头对房间喊，“晓君，咱们走。”

“马哥哥……”走进电梯时，我还能听到房子里传出的哭声。不过，这对我毫无意义。形同陌路，也许就是这样的情形吧。

坐在车上，柳晓君兴奋极了，说：“好傻，你刚才真拽，我全听见了。”

“是吧。”

“当然啦，这个女的对你吧，好像还不是那么虚伪？”

“是吧。”

“她们这一行当，太能演戏了，真的一样。”柳晓君靠过来耳语，“这种十项全能，男人是不是很容易动心？”

“是吧。”

“听没听呢？”柳晓君一掌拍在我的肩上，“你在敷衍我。

我默然一笑，正从口袋里找烟抽。

44

那阵子，好像全世界都在整奥运会了，大街小巷铺天盖地的体育话题。那时候，到处一片欢呼雀跃，替代了不久前地震带来的悲伤。大悲大喜的一年，我也想让自己快乐一点。

但是，快乐易逝。我一直很相信一句老话，“祸不单行”。这绝对是老祖宗的谶语。我竟然被公司辞退了！理由是经济不景气，公司出现危机，进行人员结构性调整。

当然，表现形式上由我提出辞职，他们很尊重我的面子。这样人道的方式，让人无可奈何。我不是流氓，不是无赖，走就走吧，还有九条路等着我去尝试。

我去了几次人才市场，从上海体育馆到虹口足球场再到上海展览中心，哪里都是下雨前急着搬家的蚂蚁似的，你来我往，接踵比肩，黑压压一片。要是上帝见了，准会吓一跳，怎么这么多人？

我那会儿就想，中国崛起对世界没啥威胁可见一斑。因为中国人要是喜欢恐怖活动，殃及无辜，那太容易出成效了。新合租房子里的同室是个报社的小记者，他反对我的意见，他说不见得有成效，人太密，就像堵枪眼似的，炸弹反而发挥不出效果。我想想，也许是，也许不是，谁晓得恐怖分子怎么炸？总之，目前的中国人民，任劳任怨，广场上的大妈舞跳得正欢。

我后来不去人才市场了，我想还是休养生息，然后再做任何一种可能的打算。于是，我躺在新房子里的床上看电视。三天两头里，看中华儿女八面来风，最后，竟然拿了100块奖牌。

那会儿躺在床上，兴奋之余，我突然觉得外面很热闹，心里却更加落寞。中国拿了100块奖牌，可我，一个普通的中国小老百姓，这会儿却失去了爱情，丢掉了工作。这样的一个小人物，怎么才能有刘大老板一样锦衣玉食的生活？

我突然想，柳晓君怎么认识那刘老板呢？他们怎么好上了呢？

还有宁小远，怎么这么巧碰？这个大老板什么来头？和公司肯定有来往？

这个推理的依据有二：一是柳晓君在客服部门，就是对外联络；二是柳晓君那天口气比人事经理还牛，没有后台谁敢这么嚣张？

我又想起那天包厢里，我介绍宁小远后与大老板目光接触时的情景，他那若有所思的表情……会不会，他知道我故意整了这出戏，拿掉了我的工作？

我想，如果推理成立，那这刘大老板也真够阴险的，柳晓君还想有朝一日和他结婚？！可他和宁小远这不一般的关系，有必要告诉柳晓君？

我给柳晓君去了电话，我说："好久没碰面，想见见你。"

"我在休假,身体不太好,不想见人。"柳晓君无精打采地说。

"怎么了？还是那个孕的事？"

"想哪儿去了，是其他事。"

"见见吧，有要事和你说呢。"

"能有什么要事，我真的不想见人。"她还是不答应。

"不管怎么说，别人爱见不见，起码见见我吧？我最近也没上班，时间随便挑，绝对按照你的来。"

"那等我通知吧。"柳晓君答应了。

45

记得第一次在咖啡馆，还是去年的秋天，她请我为她去宣示房子主权。那时她泪眼婆娑。再一次在这里见她，却是另一副模样，带着墨镜，脸颊微肿。

"你这是怎么了？"我很惊讶，要是摔跤，也摔不到这个份上。

"好傻，是被打的。"柳晓君弯腰低头，手肘支在桌上，手掌罩着脸。

"谁？没报警？"

"我那老公。"

"啥？他？"我就想起她老公那副倒霉模样：厚厚镜片里失意的眼神，蜡黄的脸色，深陷的额头。怎么看也不像这么强悍。

“怎么回事？”

柳晓君惨然一笑，“好傻，别看他这样不吭气的，其实越是这样，越是满肚子的鬼。”

“哦？”

“原来他一直请私人侦探跟踪！他答应离婚是为了拖延时间，其实啥都知道。”

“这么厉害？”

“他现在手头有大量证据证明我在外面有问题，属于过错方。上周五，我和刘哥在一起，你看，把我打成了这样。现在他提出条件，要么500万私下解决，要么就公开，让刘哥身败名裂。”

“真厉害！”

“还有更阴的！”

“还有？”

“你知道为啥那个女的宁小远会住过来？都是他故意设计的！”

“这也能故意设计？”我差不多要从座位上跳起来。

“我想怎么这么巧，后来刘哥问宁小远，她说当初去租房子，正好我老公在她旁边，然后他私下用很划算的价格租给她，还说是不用中介费。”

“这招太厉害了！”我惊呼一声。

“好傻，这完全是一个阴谋。”柳晓君抬头看我一眼，又低头说，“他还有你和我一起的证据。我宫外孕住院，他还以为是你的。他说豁出去了，要让我们不得安宁。他说要把这些公开，让这个世上再没有地方肯收留我们。”

见鬼！我马甲在这个阴谋中算是什么角色？我叹口气说：

“我无所谓，只是你们怎么办？”

“搞不好就是给他钱吧，息事宁人。刘哥还要顾及社会影响的。”

“那只能一个愿打一个愿挨了？”我摇摇头，想没钱有没钱的好处，谁来敲诈勒索我马甲呢？“500万！”

46

回去的路上，脑袋一直很晕。

柳晓君的老公，简直是幕后操纵一切的老大！果真是“螳螂捕蝉，黄雀在后”。

这接近一年来的事情，像是录像带里的蒙太奇，在我眼前晃晃荡荡，东一榔头西一棒子的。“有趣！”回到房间，我还在自说自话地笑起来。

小记者摸了摸我的额头，说：“你没发烧吧？”

“有没有？”

“没有。”

“本来就没有。”

“那你还问我？”

“这叫没事找事。”

“找抽啊！”小记者哼了一下鼻子，玩他的电脑游戏去了。

真是找抽。我躺在床上，刚闭上眼，想迷糊一会儿，电话响了。竟然是宁小城打来的，他问我是不是可以过去看看他的爸爸。

“谁的意思？”

“我的意思！也是我二姐的意思！也是我家里人的意思！”

这小子，帽子一下子扣好几个。我没搭理他这事儿，问：“传家宝给你二姐没？”

“哦，那个啊，本来要给的，后来确实忙忘了。”宁小城嘿嘿笑了一声，继续说，“后来我想给不给都没关系，姐弟俩，放谁那儿都一样。”

“宁小城，你要是觉得一样，放我这儿也一样，放中央电视台王刚那儿也一样，都是中国人。”我越说越来气，“你放美国小布什那儿也一样，都是地球人。”那时候，小布什先生还在任美国总统。

“你这么说太损人了吧！我和我二姐讲了，她女的不方便，同意由我保管！”他用含冤莫白的语气大声辩解。

“行，你的家事，我才不管到底谁拿了。”

“那你来见我爸吗？他一直念叨你！他要出院了，回老家去。”

“抱歉得很，我最近出差国外，还在东京呢。”

“啊，这样啊，那我告诉他们吧？”

挂上电话，我突然觉得宁小城还是个好孩子。

我说不清为啥不想去见宁小远的父亲。

有些人，你不想见；有些人，你害怕见；有些人，你想见不宜见；有些人，你想见不能见。

我又想起了林大勇，他对我来说是最后的一种人，想见不能见。

那时候，我陪同来上海的大勇家属一起处理后事，老家就盛传我被学校赶出来的小道消息了。我的父亲不信，他要用生命来捍卫这条消息的“假大空”。谁说这个，他就跟谁急。渐渐，日子过得实在无聊了，大家就用这个来寻开心。

那时候，大人寻开心，我父亲就和人家打架，直打得聪明的人会说你说得对，你家马甲毕业了，还上那北京大学硕博连读了呢，听说胡锦涛主席和温家宝总理都要接见他呢。小孩寻开心，他就追着小孩子漫山遍野地跑，直跑得我父亲身手矫健，据说后来连小镇外的山地里的野兔子都跑不过他了。

这时候，我父亲就走上了捍卫马甲作为知识分子的尊严之路了。他不再是被动还手，还会主动出击。他开始以讲马甲为生，逢人就讲他家的马甲，从早晨讲到中午吃饭，要是肚子没饿，他就讲到太阳下山，直到我那母亲跛着脚一瘸一拐地拉他回去，他才意识到天黑了。于是他拍拍手，好像一天的工作圆满完成似的。我们那儿的人都说他现在做这个事情是神经发作了，就像女人要生小孩子似的，完全不受控制了。

世界上，有些地方你一辈子在怀念感恩，可是你永远拒绝靠近它了。我害怕见到我的父亲。我想，我就是在这个世界上没有地方歇脚，连牛马待的地方也不容我，我买个热气球永远飘在太平洋上，也努力不要回我的那个老家。

当然，这是我最悲惨的设想。

47

没想到柳晓君的老公竟然找到了我。他说电话是从以前的房客宁小姐那里问来的。

我心想，幸亏我和柳晓君见过面，否则被他彻底给忽悠了。

我们约在一家茶馆。那时候因为我已经好几个月没有工作，下巴的胡子都懒得休整，这让整个人都不好了，落魄潦倒，像个未老先衰的小老头。

他还是那副模样，戴着眼镜，脸色蜡黄，额头深陷，只是这次的眼神让我觉得非同凡响。那时候的我太武断了，那明显是一种假象：表面不堪一击，实则暗藏杀机。

他说，我们是知识分子，我也不拐弯抹角，我老婆被你搞成了宫外孕，你看怎么办？

真是开门见山。原来他是找我赔偿。但我实在是被张冠李戴，结果还不讨好。我苦笑起来，“你怎么确定是我呢？”

“你陪她去的，我都有证据。”

“李先生，要是有女的请你陪她去银行存钱，你就认为那些钱是你的吗？我他妈就是做好人帮忙，帮到现在我连工作都帮没了，我还想问我以后怎么办呢？冤有头债有主，我和你老婆只是比一般的朋友好一点，我们没有那层关系。”

“那你能证明不是你的？”

“我证明不了，要是生下来的还可以 DNA 鉴定，可这是宫外孕，我上哪儿找证据？”

“你不能证明你不是，医院的签字证明你就是！”

“你问你老婆没有？她说是我吗？”

“她说不是你。但这是包庇。我直说吧，咱们是文明人，提倡大事化小，现在法院也提倡和解，你看怎么赔偿吧？”

欲哭无泪，这事儿真他妈窝心。我说：“大哥，我还想找人赔偿呢，我也直说吧，这宫外孕就是那个大老板弄的。他那时候去了四川出差，我估计是和宁小姐旅游了，相信你知道吧？”

“知道。”

“对呀，他出差了，你老婆要签字手术，求我帮忙，就这么简单！你要赔偿，都加在他头上吧。”

“你敢确定，绝对是他的？”他把脑袋凑近我，从口袋里掏出个小东西在我眼前晃，加了一句：“我要录音的。”

“这我就不说绝对，绝对不绝对只有当事人知道，或者说只有你老婆知道，反正绝对不是我。”

“你不作证，还是在兜圈子。”他很失望地摆头。

“我现在告诉你吧！”我凑过身子，一把抓过他的录音笔，直接给关掉了，然后我摸着邋遢的下巴，宣读法院裁决书似的说：“我敢发誓，你算在那家伙头上是绝对正确！不仅是绝对正确，还是罪有应得。对我来说，那叫大快人心！不过，你硬要说是我，我现在也一无所有，信不信由你。”

48

柳晓君的老公没再来找我，我想他要么真的相信柳晓君和我一清二白，要么觉得我这穷光蛋找了也白找，还要么本来就是打算忽悠一把算一把。

那些日子我继续找工作。可听说美国的“次贷”危机引发了全球金融风暴，外边的工厂呼啦啦一片一片地倒。工作难找，一日三餐省吃俭用。

当然，我始终没有动用那笔十万元巨款。我不愿意轻易去动用那笔钱。那笔钱，并不是给我自己用的。也许，它带着深深的“原罪”，用来纪念一段已经死亡的爱情吧！哦，或者，感情而已。

后来，确实熬不下去了，我就不得不学习小青年们去“体验生活”，——晚上在车站旁边摆地摊。

是谁说过，怕遇到鬼的人一定会碰到鬼？有个晚上，在东张西望中，我就看见了路过的宁小远！我难为情地低下头，故意离地摊稍微远一点，装作是个候车的。当我再次抬头时，她已经走远了，身影很快消失在人流中。我站在那儿没动，一直对着她远去的方向，心里莫名的悲伤。直到有几个女孩跑过来大声问“老板呢？是谁在卖东西”，我才完全清醒过来。她们一口气买了十来个玩具娃娃。这让我暗自庆幸，差点儿漏掉了大生意。

当天晚上，我很早就回去了。我不想再去那里摆地摊。她既然路过，保不准下次还会路过。我并不想让她看见。

然而，没过几天，她打来了电话。她要见我，一定要见。

那些日子我也实在无聊透了，我想，见就见吧，见见也不会少掉马甲身上一块肉。那时候的马甲，已经很瘦了。那时候，我们六个人住的房子很邋遢，地板脏兮兮的，东西积压成堆的。他们都不在，我不知从何收拾，——猪窝就猪窝吧。

那天上午来的电话，下午她就过来了。她提着几大包吃的，有点像是领导下乡慰问劳苦群众。我们就站在小小的客厅里说话。

她父亲的身体出现了严重的排异现象，估计活不了很久。说到这里时，她的眼圈就红了。

我叹了口气，所谓“劳命伤财”！而且，很多事情发生了，一切再也回不去了！

“马哥哥，去看我爸一次吧，请帮帮我，这是——最后一次。”她垂下头，声音在颤抖。

我没说话，安静地吸着烟。

“车票买好了，下周一的车，上次一样的时间。”她从衣袋里拿出一张票，递给我。

原来早有预谋？我算什么呢？这一年来，我一直在自找麻烦。从当初认识开始，就被她算计？我弯腰拎起那几包吃的，把车票塞进其中一个马夹袋里，然后我一股脑塞到她手里，我说，要是你只是见见我，还能接受。要是你就这个目的，我很抱歉。

“马哥哥，求你了……让他老人家安心地走，求你了……”

“要么给我一万块？我考虑跑一趟。”我快人快语地说。

她显得有些吃惊，但还是默默答应了，嘴里却说：“钱，有时候不是最重要的。我有多少，都可以给你。”

“不为了钱，你不为了钱吗？你的所作所为，不为了钱吗？”我一阵讪笑。

“我是为了我的家，我的爸爸，我的弟弟！”她说完，就转身哭泣起来。

我不想说话，转身往房间里走。宁小远，你也不害臊？还有什么资格安排我的生活？

49

柳晓君的事情有了新进展。她在电话里说，刘老板亲身经历了汶川大地震，如今老是念叨简单是福，平安是福。关键是，他同意拿出一百万私了。

柳晓君说这话时，好像很有些儿兴奋。想必那钱不是她的，却能证明她很值钱？我说：“一百万，这么多，你老公可以躺在钞票上睡觉啦。”

“其实，我那时候还是挺过分的，对不起我老公。”柳晓君言辞里充满了歉意，感叹说，“在一起也不容易，我想来想去，还是不离婚了。”

“哦？”我脑子不好用了，想不出这是啥情况。

“其实，他就是生活没情调，你说过日子哪有那么多情调？

好傻，你说我们女人有几个风光年头？还是实际一点吧。”

我突然觉得生活比想象的还丰富，难道她和刘大老板一起，就不是实际一点的考虑？但我只能说：“不离也好，何必折腾。”

“是的，他厉害的，复旦高材生。我觉得他挺了不起，有谋略！”

“那他怎么想的，既往不咎？”

“这当然啦，他去哪儿找我这样的。”

“挺好的。”我说着，心想确实挺好的，一场风花雪月下来，给家庭增收一百万。

柳晓君喋喋不休，喜不自胜，“你知道不，他说以后的日子越来越旺，因为他老家祖坟的风水好，三面环水，背靠大山，后代还要出大人物……”

这让我想到了那次豆捞坊里，她提到老公的爷爷坟上都有几个窟窿的事情。看来，说不定这几个窟窿还是上帝有意安排的天眼了？我可没什么兴趣来听他家的祖坟，打断她的话题，“你们准备破镜重圆，是不是要搞点庆祝？”

“什么破镜啊，我们根本就没离婚！”

“那也是啊。”我笑着说，“祝福你们啦！”

“好傻，我老公知道你是个好人，还说要请你吃饭。”

我突然很想大笑。先前刘老板请我吃饭，现在“一百万”请我吃饭，这实在让我转不过弯了。

一个社会，到底要把芸芸众生改变成什么样子？这是怎样的一种生活状态？还是老话说得好，“世事如棋局局新”。

50

周一，时间在一分一秒地过去。我在房间里走来走去，坐立不安。宁小远父亲拉住我时的那种神情，在眼前挥之不去：见到你们，我很高兴，我太高兴了，死也放心了……

可怜天下父母心！后生又有什么怨言……

当我冲进车站大厅的时候，离火车出发不到一刻钟了。我满头满身汗水地站在她面前时，火车已经隆隆启动了。她站起来，睁大如水的眼眸，张开嘴却说不出话。

“赶到。”我用手擦了一下额头的汗珠。

她还是说不出话，靠在我的肩上，喜极而泣！

“你很孝顺，这很好——”话未说完，不知是因为汗水还是眼泪，我的视线有些模糊了。在她面前，马甲想起自己的父亲，只剩下了自惭形秽。

后来，我一直很相信一句话，“人有善愿，天必佑之”。当时我马甲的所作所为，自己也难以解释。

那是一段相对平静的日子，就像大自然的冬天即将来临一样，人们除了接受，别无选择。我和宁小远一直陪伴着她的父亲。我想我的表现是可以让她满意，让他的父亲安心而去的。

那是在苏北乡村的一段时光。远离上海的繁华与尘嚣，在城里人眼中，这里就像谢幕后的剧场，冷清寂寥。只有夏日的鸣蝉，憨实的农人，在山水间行走，恍如隔世。

我们还去拜见了宁小远的师父。在那里，平生第一次听说了人生八苦：生老病死、求不得、爱别离、怨憎会、五取蕴。马甲，你苦吗，你有没有想过这个问题？扪心自问，马甲的近乎半生时光，如此不堪。

马甲再次面对那棵数百年的许愿树时，真切地体会到一份落寞：山中自有千年树，世上难逢百岁人。不知百年以后，何人在此树下，继续着浮生一世的一份愿望？

宁小远父亲落葬后的第二天晚上。宁小远红肿着眼睛，腮边还挂着泪痕，“明天，可以走了。谢谢。”

“那——你呢？”

“我不走了。”

“暂时？”

“不知道。”

我无话可说。留下来还是外出，这是她个人的选择。

51

那天晚上，时光就像我在犹豫是否去车站一样，分分秒秒地流逝。乡村的夜晚，人们早已入睡，四野俱静。这对于习惯晚睡的我，就像一艘小舟漂泊在黑夜中的茫茫大海上。大概，只有我这里还亮着灯光？毫无睡意，我爬起来打开了宁小远放在房间里的笔记本电脑，打算消磨时光。

除了扫雷、纸牌这些，她的电脑里并没有安装什么游戏。看完她的一些照片，我注意到了一份文档，——《心情》。我有些紧张地打开了文档。这是一篇很长的记录文字，差不多一百来页，零零碎碎，都是她的生活经历与感受。说是日记，也不是每天都写，也不一定写当天的事，有时候还没有具体的日期。

原谅我，未经允许下阅读了她的这份文档。因为，有太多对我来说，无法解开的心结，都在这里有所描述。我只能略述我看过的其中一些片段。

5月9日

为了给爸爸肾移植，我再次回到了刘哥身边。我以前想过拒绝，不想再过这样的生活，想让我的一切重新开始。可是，我能怎么办呢？选择这条路，没有人逼我，我自作自受。为了三弟上大学，为了这个家，我一直在坚持。三弟发现了。他哭着骂我，可是，能改变什么？我知道我伤害了他，他花的每一分钱都不光彩，他接受不了。可是，我的心里是有多么痛苦啊，我只能往肚里咽。

昨天傍晚我等你回来，你知道吗？我要装出冷漠，我要让你讨厌我，这样你才可以放下，选择自己更好的生活。爱情，我还有选择吗？

那天晚上散步时你说的话，我怎么会不明白呢？可是我怎么告诉你呢，我是这样的一个人，我怎么说给你听？我怎么开口说给你听？我要蒙骗你到什么时候？我只能祝福你，祝你幸福快乐！

6月18日

我回来了。这些日子就是一场噩梦。地震太可怕了，一眨眼让一切变了样子。大家紧张害怕，以为末日来临了。灾区的老百姓很热情，他们自己舍不得吃，把吃的送给我们。多灾多难，可是真的伟大，连要饭的人都捐钱救灾。就在我身边，多少好心人，他们都没好好睡一觉。

人真的很奇怪，陌生人还可以互助，可认识的人却会躲得远远的。我总算彻底明白了，对刘哥来说，我算什么？可怕的日子，他让我自个儿留在灾区，自己第二天就回去了。他是怕我的身份暴露，把他牵连进来？其实，我也没什么好抱怨，说到底就是交易，只是好像多了一些感情。但这种感情，连我自己都觉得厌恶。

8 月 20 日

今天晚上，真是太巧了，我竟然碰见了你！要想忘记你怎么可能啊。不知道你最近怎么样呢？看你这个样子，我心里很难过，很难过。我假装没有看见你，你知道吗？你不会想让我看见你在摆地摊，对吗？可是，我的心里难受极了！我请几个路上的女孩子来买你的东西，买了不少，你肯定很高兴吧？

我还能做什么？我实在没有办法告诉你，这些年我经历了什么，我为啥要这么对你……

没有读完。

那时候，天都快亮了。我听到了乡村里的第一声鸡鸣。

我对自己说，马甲，不要瞻前顾后，新的一天了，何去何从，洒脱一点。

篇外

亲爱的读者，原谅我，马甲只是作者我的一个朋友。

当我以马甲的身份为您描述马甲的故事时，只是为了让您能够更加真切地体会到马甲那混乱如麻的内心世界。

那时候，事业有成的马甲讲到乡村的第一声鸡鸣，眼泪夺眶而出，他哽咽着，“我从来没有为一个人这样难过。”

“我很理解啊。”

“那你肯定会写出来吧？”

“会，我还想专门写一下这个女孩子。”我肯定地说。

为此，我去了苏州河边的那套房子，去了近郊的那个小区，我还去了一趟苏北。

那是清明时节，我站在苏北乡村的小路上，天空下着淅淅沥沥的小雨，空气湿润清新，让人想张着嘴来呼吸。不远的山坡上，尽是红艳艳的杜鹃花，在绿草丛林中，生机盎然。不时，有人手持各种花环，出没在小路上。清明了，他们是去祭祖的。

我突然想，每个人，或者马甲，或者柳晓君，抑或宁小远，是怎么被这个社会所改变？又是怎样在影响着这个社会？宁小远，又在哪儿呢？此时，一个女子的神情面容，在我眼前浮现，并逐次清晰起来，像那漫山的杜鹃，开得正艳。

下篇　跳　跳

1

跳跳是个女孩子，20世纪80年代出生的。跳跳大名叫小远。

跳跳家后面是大山，长满了杜鹃，春风一来，满坡烂漫。小小的跳跳，在春天爬满山坡时，蹦蹦跳跳地采回许多的花，一束一束，插在“娃哈哈”瓶子里，“爸，你看，好红的花啊。”

爸爸躺在病床上，看见了花，也看见了跳跳。爸爸瘦黄的脸露出了笑。

跳跳便也欢喜地笑，“爸，明年花再开，我再摘了你看。”

爸爸听了，头却垂低了。

山里的杜鹃，开了一年又一年，春天来了依然那样的红艳艳。但跳跳的爷爷死了。再三年，奶奶也走了。跳跳也不再蹦蹦跳跳，星亮的眸子安静多了。当采上那红艳艳的花，很大的一把，铺展在盛上水的罐头瓶子里，她轻轻放在爸爸床前，只说一句：“爸，杜鹃呢。”

爸爸点点头，看花，又看跳跳，不说话。

跳跳也不说话，给下身瘫痪的爸爸按摩。大夫叮嘱过，不按摩肌肉要萎缩。

爸爸是在城里盖高楼摔坏的，听说那楼有几十层高。跳跳家乡的镇里，最高的楼也就六层。但跳跳见过很高很高的楼，从电视里。跳跳还晓得世界上最高的楼叫金茂大厦。那是跳跳爷爷的妹妹的女儿的女儿，也就是跳跳的远房表姐，拍了照片，跟他们所有人说：“喏，这叫金茂大厦，世界上最高的楼哩！”听的人眼珠瞪得杏圆一般大，高，不得了，不得了。“呵，你抬头，帽子也要掉咯。”表姐指着个戴顶草帽的老乡说。那老乡赶紧把帽子捂住了，生怕真的掉了。大家都哈哈笑起来。这个表姐哦，跳跳很羡慕。

跳跳自己也有姐姐和弟弟。那时爸爸央求表姐把姐姐带出去，表姐拒绝了。因为姐姐小学也没念完，放到大城市，东南西北分不清，不丢了才怪。

姐姐却说，才不去呢。我还要照看爸爸和家人。要去跳跳去。

于是姐姐嫁人了。在跳跳上中学后家里十分穷困的那年，街上的细光做了她的姐夫。细光常常光着个脑袋，光着个肚皮，是个杀猪的。细光的爸爸也是杀猪的，细光妈妈卖猪肉。“你姐日后总有得肉吃。”爸爸跟跳跳赞叹地说。

肉有啥好吃呢？跳跳心里想。而且，还会让人长胖呢。已是婷婷少女的她很在乎这些。

跳跳觉得自己和他们有许多不同。确实，她模样生得俊俏出众，连心眼儿也比他们丰富。跳跳会浮想许多美好的事物，会做出一串串的梦来。夜梦里，她变幻成表姐，多次在那世界最高的大楼前奔跑。不过也有一次，奔跑中她想起了爸爸。爸爸呢？突然，她就看见爸爸从那高楼上摔下来，越来越近，“嘭”的一声，摔在了她面前，满脸的血……

跳跳惊醒了，嘴里喊着“爸爸”，满脸的泪。

“跳跳？跳跳？怎么了？”隔壁传来爸爸的惊问声。

“没，没事……”窗外淡淡的月光落在床前，跳跳忍住了哭声。

就在这年春节刚过，映山红还未爬满山坡时，刚上一年多高中的跳跳离开了爸爸。“爸，你莫难过，能让我念这么多书，很好了。”跳跳笑着安慰爸爸，“三弟小城肯定有出息呢。”

2

上海。跳跳小心翼翼地踩在城市的街道上，像只小小的刺猬，局促不安地打量着周围，羞涩而好奇。

表姐嫁了个上海人。上海人叫老陈。老陈不小，看他稀疏头发的脑袋瓜子，跳跳觉得都可以叫他伯伯。伯伯和表姐生了个儿子。因此表姐让跳跳来照看，等于做个保姆。

“你们那里盛产美女么？别看你表妹穿得土气点儿，其实老漂亮呢。”老陈笑着称赞。

表姐哼了下鼻子，瞪老陈一眼，没说话。

跳跳抬眼看老陈，他正盯着自己呢。跳跳低下头，心慌得“怦怦”直跳。

表姐家房子很宽敞，三室两厅的。跳跳被安排在朝南的一个小房间住。另一间朝南的大房间表姐和老陈住。朝北还有一间，跳跳打开房门，嗅到一股刺鼻的烟酒味。表姐说：“不要管这间。”

“哦？”

“他儿子的，不是个东西。”表姐耳语。

原来老陈在表姐之前还有老婆、儿子？

环视房间，跳跳就望见了桌上镜框里的一幅大照片。他儿子？还这么大了啊？跳跳突然沮丧起来，可一时又无法理清头绪，不知到底为了什么。

上海的夜，窗外灯火通明，还有车辆驶过的声音，不时在跳跳心里起起落落。跳跳想家了，眼泪流了下来。心中完美的表姐，嫁个这样的男人？还有那么大的儿子？她的爱情、生活，以及她带给自己的美好梦想，此刻像一片圆圆的镜片，被摔得粉碎了。跳跳不喜欢这样的家。可是，还能去哪儿……

3

老陈开了很大的棋牌室，表姐也开了美发店，平日里只有跳跳自己在家。照看孩子，清洁房间，买菜做饭，跳跳的日子就这么周而复始起来，不怎么悠闲。她渐渐适应了这样的生活。人靠衣装，穿上表姐买的衣服，整个人也更优雅脱俗了。表姐由衷地赞叹，跳跳，你真好看，聪明又能干。跳跳抿嘴一笑，很开心。

有空了，跳跳就躺在沙发上看看电视、想想事情或者发发呆。北面的房间，也就是老陈儿子的房间，她一直很好奇。老陈儿子怎么一直没回呢？跳跳没有按照表姐说的做。她会打开房门和窗户，北面虽然没有啥阳光，但起码可以通风。当然，她不敢去整理房间。那些扔得乱七八糟的东西，她也不知道如何归类。有时候，看着桌子上相框里的照片，老陈儿子那明亮的目光，让她突然想：他真的坏吗？他肯定也有不开心吧？

4

大约半个月后，一天中午跳跳正在吃水饺，听到客厅的门在响。刚到厅里，门已经开了，一个瘦瘦长长的“竹竿”似的小伙子走了进来。他径直往里走，望见她，眉头皱了一下，“你是谁？”

他的声音很大，显然吓了她一跳。她手里还拿着筷子，“我，我是你……我表姐……”跳跳有些语无伦次，已认出了他，——照片上的人。

“哦，晓得了——”他没有再看她，走进北面的房间，“砰”

的一声关上了门。

跳跳呆坐在沙发上，饺子也不想吃了。

大约半个钟头时间，他终于从房间里出来，手里提了一袋东西，又自顾自地去厨房，从冰箱里取出几盒牛奶什么的装进另一个袋子。经过厅里，他停了下来，在看睡在婴儿床里的小生命。

跳跳的心提到了嗓子眼儿，睁大了眼，——他要做什么呢？

他没做什么，也不说话，转身走出了门。

拍拍胸口，跳跳感觉汗涔涔的。

5

下午表姐回来了一会儿。跳跳告诉她，老陈儿子回来过。

表姐脸色凝重，“跳跳啊，你可要仔细看着宝宝，别让那小混混碰了他。”

跳跳默默点头。想起老陈儿子的表情，心里怕了。

晚上表姐投诉到老陈那里，在宝宝正哭得一塌糊涂时。

老陈皱着眉头，吐出口烟，骂：“小赤佬他敢，我不扒了他的皮！”

“他有家里钥匙，我就不放心。”

“钥匙总归不好收的。”

“收了又咋样，跳跳总在家，他进得来。”

“烦死人了。”老陈将烟头狠狠地按进烟灰缸，朝后抹了抹长长的油光可鉴的头发，出门了。老陈不开棋牌室，也是个赌徒。

表姐说，老陈那个老婆车祸死了。

表姐说，很多年前认识的老陈，那时候上海这座城市地铁都还没有，那时候自己20都不到，比他年龄小一圈还多。

表姐说，自己的第一次给了老陈，老陈睡的第一个处女就是她，估计也是最后一个，然后老陈给她开了个美容店。

“那你——喜欢他吗？”跳跳红着脸小心地问。

表姐“扑哧”一声笑了，表姐笑起来很漂亮，两腮是浅浅的酒窝。“跳跳，什么喜欢不喜欢，过着日子就是喜欢。”

跳跳不太明白，喜欢就是喜欢，不喜欢就是不喜欢啊。

男人，没几个好东西。表姐总结说。

跳跳搭不上话。心里想，我爸爸不是很好吗？还有很多老乡，日复一日辛苦劳作，就为养育儿女。有时，跳跳看电视或报纸里报道某个建筑工从高楼摔下来，死了，心就难受得很。她会呆呆地望着眼前林立的高楼大厦，包括自己正站在的这第十八层楼上，想会不会也有类似的事呢？想着，眼前的群楼被跳跳那奔涌出的泪水模糊了。

6

不久，表姐把门锁换了。“跳跳，这锁有点儿不好，钥匙你老打不开，去，你去跟姐夫这么说。”

吃完晚饭，趁表姐去洗澡了，跳跳把新门钥匙递给了老陈。

老陈暴跳如雷，一巴掌甩在跳跳伸过来的手上，钥匙也飞了出去，“操你娘的，我的怎么没坏？你换了！”

老陈抓住跳跳的手，表情愤怒中有点儿不可名状，“行，活像你表姐，有前途！”

跳跳挣脱手，也不说话，默默回到自己的小房间。握着肿痛的手腕，看着熟睡的婴儿，跳跳眼泪又下来了。

过了刻把钟时间，在老陈吸得客厅有点儿乌烟瘴气时，表姐从里间亭亭袅袅地移了出来，很轻柔的笑声包围着正郁闷得有点儿无聊的老陈。

表姐说：“干吗呀你，和小不点生个啥气？老公。”

老陈还未来得及开口，感觉嘴上有湿热的唇迎合过来。老陈就是抵挡不住这样的女人，老陈想过，想不明白，只好骂一声“他妈的”。于是老陈就听到急促的呼吸声，是自己的。

跳跳也听到了。跳跳的心一阵狂跳，她害羞地闭上了眼。

表姐曾问过跳跳，男人为啥是个男人？

男人？跳跳想。

因为有女人嘛。表姐回答。

7

那时候，满大街正流行着周杰伦和蔡依林的歌曲。

那时候的跳跳,正在老陈家照看孩子,顺便就哼着这些歌曲。

十七八岁的跳跳，十七八岁女孩子的心。在客厅卡拉OK的伴奏下，她时而忧伤，时而快乐，从“妈妈的吻，甜蜜的吻”“你是风儿我是沙”直到“爱情三十六计，我要保持美丽”。唱歌的跳跳，如此专注投入，连表姐他们进来都没舍得放下麦克风。表姐笑着说：“唱得不错啊。”

老陈呵呵。

表姐说：“你呵个什么？”

老陈不呵了，却冒出一句：“唱得比歌厅小姐强多了。”

“你说啥嘛？”表姐生气了。

“歌厅小姐呀。”老陈嘀咕了一声，往房间去，小孩子正在哭呢。

跳跳，你没发现大大哭了吗？跳跳，大大都拉了，你也不及时换！厨房，跳跳，东西要焦了！跳跳难免出现这样或那样的失误。

“现在的年轻人，都自私贪玩！”表姐无奈地说。

老陈回来碰上，娘是要骂的，火大了时还可能给跳跳几下子。

跳跳忍住不敢说，眼泪偷偷往下掉。有次，表姐发现她手臂上一大块乌紫，询问起来。跳跳便说了。惹得表姐骂上一句，这老东西，大概打牌又输了！

跳跳厌恶地想，难道我成了他的“出气筒”吗？

可是老陈并不管谁的厌恶，习惯成自然，隔三差五没有给跳跳几下子，整个人还不舒服似的。

8

有天下午老陈回来取东西，知道跳跳还没有喂小孩。于是一颗受伤的心化作向跳跳扫过来的手掌。跳跳边解释小孩睡着了边侧身躲避。因此老陈的手掌不偏不倚，正好挨上了跳跳侧过来的胸口。那只手的力量本来并不大，但瞬间没有一扫而过的意思，顺势向前探一探，触在了女孩那稚嫩的胸脯上。跳跳“哎呀”一声，整个儿丢魂落魄了。“困觉了给我弄醒醒，哪能不吃”，老陈嚷嚷着往房间去，为还是“哑巴”的儿子伸张正义呢。

一个下午跳跳都在哭。除了哭，跳跳在这样举目无亲的土地上，还能做什么呢？跳跳不敢告诉表姐。老陈是这么个人，跳跳反而说不出口。跳跳想，我真的只是一个保姆。

那时跳跳常去一个菜市场买菜，因此认识了卖菜的姑娘小王。小王问，你是做保姆的么？跳跳忙解释，不是，是我表姐家呢。哦，我觉得你这么好看，不像保姆嘛。跳跳听了很开心，说不出的开心。跳跳自己都不知道为啥这样开心。

现在，跳跳想，我就是个保姆。承认这事实，也就摆正了自己所处的位置。跳跳眼泪便“蹦跶”出来了。

跳跳想爸爸，想妈妈，特别地想，跳跳含着泪水唱很老的一首歌，那是小时候妈妈教给她的，——“在那遥远的小山村，小呀小山村，我那亲爱的妈妈，已白发鬓鬓……”唱完这首歌，跳跳的心仿如狂风吹打后的小树，叶子虽然掉落一地，终归平静了。

9

老陈的儿子小陈回家后对着换了锁的门一顿死捶乱打，外加丧心病狂般的吼叫声，直把门内的跳跳吓得双腿哆嗦，脸色由红转白，由白转灰。慌张地开了门，迎面就是一个趔趄，小陈向前推了她一把。跳跳站稳了，跟着小陈往厅里去。

“说，为啥换了锁？”

跳跳抬头看一眼小陈，那是张无比愤怒的脸。

“锁——坏了。”

“你脑壳坏了吧，骗啥人呢！”

“我——”

“他妈的，给我配钥匙去！”

“……”

跳跳和小陈走在配钥匙的路上。跳跳想，表姐要骂死我了啊。

跳跳又想，人家要钥匙没理由不给啊。跳跳还想，完了，完了，我怎么交代啊。跳跳再想，我算什么呢，人家要自家钥匙，能不给吗？但是，不能让表姐知道。她话音都在颤抖，“哎，请——不要告诉别人，你有钥匙好吗？”

“呵呵——”小陈耸肩，叼了支烟，不屑中有点儿苦笑的味道，“凭啥不能说？”

“请不要生气，我——请你帮帮我，不要说了。”

“帮帮你，这么可怜啊，呵呵。”他笑起来，觉得很有趣。

她不做声了。因为他在取笑她，这使她再没有了对他说话的勇气。他们配好钥匙后就分道扬镳了。她心里挂念着睡了的小孩子，现在怎么样呢？她祈求孩子千万不要醒了哭闹起来。

走近家门，里头静悄悄的，她心里头顿时安稳了许多。

推开门，刚走进厅里，跳跳的嘴惊讶得合不上了，——表姐正庄严肃穆地盯着她！

“姐——你回了。”她有点儿嗫嚅着。

半晌，表姐不吱声地瞪着她。突然一声问：“宁小远，你怎么回事！”

“我——”

“你是来照看孩子的，不是来玩耍的！孩子都快哭没气了，你人影子也找不着啊你！”

“对不起，姐——”

“难怪你姐夫打你！哪有你这样做事的！不打你打谁呢！”

跳跳不争气的眼泪哗哗下来了。

“不是我要教训你，你想想你这样子，将来怎么办？有天你要到社会上，这样做事行不行？人家还给你工资啊？不让你赔就好了！”

跳跳不停地抹眼泪，抹也抹不完。跳跳想，我要回去了，我要回去了，回去算了。

表姐起身递过来纸巾，声音渐渐缓和下来，劝慰的口吻说：“别再哭了，说你也是为你好。对了，你好久没给你爸电话吧，他身体现在好点儿没，打一个吧。”

爸爸，是啊，有段时间没有给他电话。因为爸爸嫌打电话花钱，打多了他要骂跳跳呢。家里电话还是表姐给装的，当时就是想让跳跳放心出来。

表姐已拨通了电话，正和爸爸在说。表姐说跳跳在这里很好，不要担心，跳跳很乖很懂事，以后会很有出息。表姐说你身体不好要注意营养，多吃好东西，以后有机会到大城市来治，说不定就好了。

跳跳接电话，接电话前的跳跳还想平静开心地说话，等话筒拿到耳边，眼泪不自主地流了下来。几次想说话，却哽咽不出。表姐急了，赶紧推她。

爸爸急切的声音，“是跳跳吗？跳跳，你哭了？怎么了？”

跳跳笑了，说：“我想你们啊。”

爸爸也笑了，“在外好好干，不要想家，没啥担心的。”

跳跳说好的，眼前浮现出爸爸在病床上的身影。还有，爸爸床前的桌子上，记得那时，是红艳艳的杜鹃花，开得那样烂漫。跳跳刹那闻到了春天里杜鹃花的气息，刚刚从山野采下来的。

10

夏去秋来。当街道旁的梧桐树叶子开始稀稀拉拉往下来的时候，老陈的棋牌室生意也日益冷清了。不知哪天起，那“完美人生，从‘头’开始”的美容美发店旁，又冒出许多“完美人生，始于足下”的足浴按摩店，其势头一浪高过一浪。老陈急得直骂娘，“先前洗头，现在又加个洗脚，操他娘的，都不来洗牌了！”

隔壁店卖电脑耗材的李老板哈哈笑，“这不，手也洗了，金盆洗手喔。”

老陈心里骂，他妈的也懂金盆洗手？因为李老板不会赌。李老板仅有一个嗜好，——嫖。到底他老陈才算个“老江湖”。现在生意不好，“老江湖”心情就不好。

跳跳不知道“老江湖”生意不好，也猜不出他心情为啥不好。况且，他心情好不好又关跳跳什么事呢？跳跳只是个照看孩子的小保姆，每个月从他家拿走500元钱。相反，跳跳有自己的生活。比如生日，她的18岁生日。

跳跳18岁的生日就在这个秋意渐浓的季节悄悄绽放。表姐不知道，她也不好意思说。市场上卖菜的小王姑娘知道，跳跳说过。她说要陪跳跳去玩儿。去哪儿呢？南京路还是东方明珠？城隍庙或者动物园？比较一下，东方明珠、动物园要花钱买票，城隍庙坐车不方便，因此就去人民广场旁的南京路了。跳跳向表姐请假。表姐生意忙，因此让老陈在家照看小孩。老陈不情愿地说，出去早点儿回，我也有事呢。跳跳开心地点头，好的。

一大早跳跳去找小王。小王是个胖乎乎的姑娘，特爱笑，笑起来眼睛就是一条缝。跳跳走近小王住处，是一个老式的居民区。在这里，狭窄而低矮的弄堂，人们共用厕所，有的还共用厨房，显得那样灰暗邋遢。“上海还这么破啊？”跳跳有些惊异。

“你以为城市里到处都亮堂堂的？”小王笑她无知了。

“没想到。”

“这里住着很多上海人呢。他们有的生活都成问题，孩子养不起。”

“不会吧。”

“怎么不会？嫌钱少又不能吃苦，你看高楼大厦，哪一样是他们自己动手盖的？”小王姑娘自以为是地大声说。

跳跳不吱声，跳跳想起了爸爸。他不就是在城里盖这些高楼摔下来的吗？哎，没想到城里也有那么多穷的地方。不过，外头那样繁华，要是能稍微匀一点儿给这里，也许大家日子都会好很多？

然而，谁会这么想呢？除了跳跳。

11

18岁的生日，注定是刻骨铭心。

跳跳回来时，天色已黑。她想起老陈要她早点儿回的话。

来不及说，迎面是一阵劈头盖脸的捶打，跳跳整个人已经晕头转向了，感觉耳朵里嗡嗡响，似乎又有东西流进了嘴角，但她正抱着头躲闪，来不及擦拭。小腿上挨了一脚后，她站立不住，跌在地板上。老陈就站在那儿拿脚去踹。

跳跳挣扎着再三爬起来，旋即又被踹得趴下了。跳跳没有眼泪，愤恨中她抱住那踹过来的腿，张嘴咬了下去。老陈一声惨叫，暴跳如雷，抓住跳跳的头发一把拽起来，“老子杀了你！杀——了——你！”

跳跳看着那张扭曲得狰狞了的脸，绝望的眼泪涌了出来。

“你做啥啊，算了吧！” 突然一双大手拉住老陈。跳跳泪眼模糊地看，竟然是老陈的儿子！

“陈小光，你欠扁！”

“再打过分了，要出事的！”

“操你娘的，管我的事！”老陈眼珠都要冒了出来。

“快跑啊！”小陈朝跳跳嚷，双手和老陈扭打在一起。老陈只好放开跳跳，恼羞成怒地朝小陈一顿乱打。跳跳看见小陈箍住老陈向她喊叫，还听到大大撕心裂肺的哭喊声，来不及多想，她开门奔了出去。

站在街边的跳跳，摸脸，感觉手上黏糊糊的。蹲在路灯下，跳跳看见了双手都是暗红的液体，鼻子里还有东西往下流，不停地滴答在眼前的路砖上，瞬间像开出了一朵朵的鲜花。跳跳捏住了鼻子，她不能让“鲜花”再这么“开”下去。

不时有路人走过，停下来观看、议论抑或说笑。秋夜凉爽的风吹过，一身的清凉。抬头望天空，还有一轮弯弯而明亮的月，正寂静地看着跳跳。这月亮，照了女孩跳跳整整18年，不管乡下还是城里，总是那样无声远远地看着她。乡下的跳跳，还有爸爸妈妈。而现在，只有这月亮，是跳跳熟悉的？

跳跳向小王姑娘家走去。她不想去找表姐，在那里她的心会更加疼痛。小王开门看见跳跳时，小眼睛因惊异扩到了常人般大小，她奇怪才那么几个小时，活蹦乱跳的漂亮女孩，成了这个模样。

房间很小很简陋，床也不大，但跳跳躺在上面，心里很温暖踏实。小王陪着她说话，两个来自不同地方的女孩子，这时亲密得姐妹一般。她们会一起大骂老陈这个坏东西，会一起讨论表姐找不着自己会咋办，还会分析小陈是个什么样的人。跳跳一直害怕他，但很诧异他这次会帮她。

小王姑娘凌晨四点就起床了，和她的哥哥、嫂子忙着去菜市场。跳跳模糊中也爬起来，要帮忙，被小王按了下去。“你就好好休养吧，有空了我去找你表姐，要她来接你！”

12

小王一家出去后，跳跳安静地躺在床上，天还未亮，黑暗中她睁着双眼，没有丁点儿睡意。开启的玻璃窗外，吹进来阵阵的凉风，使她更加清醒起来。昨晚的事，就像从湖面敲起的一块冰，此时在地板上摔得支离破碎，寒冷一片。怎么会这样呢？捂着肿痛的脸，恐惧中又增添了愤恨。是的，尽管我不知道下一步该怎么走，但是就算饿死也不会回去了。这是骨气，也是尊严，我必须让老陈知道。

等中午小王回来做饭吃，跳跳央求小王让大哥和嫂子收留她。小王说：“好啊，我巴不得多个伴儿呢，我去问问他们。”跳跳忙着要给小王洗菜。小王拦住说：“瞧你手肿的，先歇息吧。”嗯，跳跳乖乖坐到木凳上，双手捧着脑袋，满眼的笑。小时不就是这个样子吗？跳跳想起童年的情景，那是多么幸福和快乐啊。

傍晚。充满期待的跳跳迎接小王，却发现小王那张写着失望的脸。“我哥说用不上更多人，真对不起，跳跳。”

“哦！”跳跳一时再也想不出话来。

“他说，你要是做，没有工钱，只管个吃喝，——行不？”小王丧气地问，又肯定地回答，“我说这不行的。”

当然不行啊，跳跳已经是家里的顶梁柱，她不是“一人吃饱，全家不饿”。跳跳上前握住小王的双手，感激地说：“谢谢你啊！”

“跳跳——”

“没——没关系。”

“你——不要哭，跳跳。”

“嗯——”跳跳听话地点头，泪珠子却滴答落在了淡黄色的外套上。外套是借小王的，跳跳的衣服还晾在窗外呢。小王搂住跳跳。俩人都没有再吱声。

13

跳跳是第二天上午主动去表姐的美发店。表姐愣了一下，又用眼睛上下打量了跳跳一番后，把跳跳拉进了里间。表姐让跳跳坐在沙发上，又倒来一杯水，说：“喝水吧。”表姐自己点了支烟，一阵吞吞吐吐的，也不说话。

夹杂烟雾的小房间一时愈发沉闷起来，这沉闷让少不更事的跳跳惴惴不安。“表姐？”承受不了这折磨的跳跳开口了，声音轻得可怜。

表姐没有搭腔，继续吞吐了几口后，终于转过身面对跳跳。“你这死丫头，知道我这两天怎么过的？”

……

“打人是不对，但你总要跟我说啊？你跟着我出来，我是有责任的！”

……

“姐夫那人你知道的，打你也好多次，狗改不了吃屎，你把他肉都快咬下了，他还不打你半死啊？”

……

跳跳不说话，也不想多说话，说废话。她也没有掉眼泪，她不哭了，哭显得多余。在表姐大概唾沫星子都没了后，跳跳只说了一句：“我不要在家带小孩。”

“呵呵，他还不肯让你带呢。”表姐似乎觉得跳跳有些可笑，“这两天都是你姐夫带着，比你放心多了。”

跳跳暗自想，老陈在表姐面前讲了我不少坏话吧？

其实，这老陈也有自己的委屈。你跳跳是个什么东西？一个小保姆而已！玩耍了一天不回，换谁不生气。现在，看你怎么办吧？

不带小孩的跳跳，能怎么办呢？

表姐思量了半天，无可奈何地说：“先在店里配合收银吧。”

14

和其他的美容美发店一样，表姐的店也是写着“美丽人生，从‘头’开始”的。吃这碗饭，日复一日、年复一年地对着“头”，按他们自己说，跟对着个“西瓜”或“大饼”没什么两样。当然，西瓜的子儿比较大，大饼上的芝麻比较小，这就是区别。“西瓜”来了，烫发或者按摩，大家眉开眼笑。“大饼”来了，就剪个头，洗发水也不要你用，怕你收钱。

跳跳就在这“西瓜”与“大饼”的店里开始了营生。店不大不小，近百平方米，隔出两层，下层美发，上层美容。因为节省场地，往上层的楼梯陡得都快直立起来了，分明不让老大爷、老大娘的消费。店里姑娘们练就一身好功夫，每天从楼梯上上下下，如履平地。每当她们短短的裙子、雪白的腿在楼梯上晃悠时，男人们的眼珠也跟着在晃悠。

人来人往，进进出出，跳跳的收银日子过得活泼而欢快。确实人手不够时，她甚至自告奋勇给客人去冲洗头发。半个多月下来，店里的女孩小云、小娜都成了她无话不谈的朋友。小娜说：“跳跳，你比你表姐好多了。”跳跳笑一笑，还能说啥。

收银台侧对着大门，有天上午跳跳一抬头，望见个人进来了。他瘦高的身影，是——小陈。跳跳的心“怦怦”跳，他终于来了？先前表姐提醒过跳跳，陈小光不仅会来，还可能借钱，每次有借无还的，不能给他。可是，跳跳心里一直想见他一次，想知道为啥他会帮自己。陈小光，这名字还让跳跳想起自己的姐夫毛细光。这么巧，她在上海又碰上一个“光”。他进来了，而且站在了她的柜台前，好像说：“你还好吗？”

他知道她在这里上班？她点了点头，脸上绯红，大大的眼睛垂了下来。生意很忙，他坐着等了一段时间。期间她给他倒了杯水，他吸了支烟。然后他站起来要走，说头发下次再理了，不急。看得出他有心事？走前，他邀请她去玩，就在不远的一个网吧，是他和朋友合伙开的。她目送他出门，心里乱糟糟的，刹那一片空白，人有些发呆。他陈小光，比先前好啊？

小娜说，陈小光，小混混儿，五毒俱全的人。

小云说，人家也不容易，没妈的孩子像根草。

小丁说，这人还挺仗义，我去网吧，都不收钱呢。

小宋说，他还算蛮帅的哦。

15

跳跳的心像水面上的柳条儿，微风拂过，欲静不止。小陈，什么样的人呢？他经营的网吧，好几次她都看见了，远远地看。

然后她默默地想，真不容易，陈小光，年纪不大就自己做事，并非啥也不做嘛。她感觉自己挺喜欢为他辩解？

因此几天后，小陈说，借点钱吧，网吧急用。跳跳左右为难了。

“你知道，我没权动店里的钱，真对不起。”跳跳恳切地说，抬眼看，那也是双恳求的眼神。跳跳的心一阵悸动，想前几天他大概就是要借钱，拖延到今天才说的。

“我真的急用，否则不会来借的。”

“找我表姐好吗？”

“她不在嘛。”

“下午来的，每天都来。”

“还是你——帮帮我吧。”他的脸色很不好，求助的语气让她难以抵挡。也许，他真的急用呢？

“那——要多少？”

“5000块吧。”

“啊？”这么多啊！她惊叫了一声，引得大家调头望过来。她有点儿尴尬，轻声说：“我自己有3000块，本来这周要寄回家，那先给你借吧。”话一出口，她为自己的话吓了一跳。天，六个月的工钱，就这么借给他了……

“好吧，谢谢你。”他没有拒绝，也没有抬头看她。

“那——现在去取吗？”

“过两个礼拜还你。”

这是他们第二次一起走在街道上。前次给他钥匙，这次给他钱。他们还是没有太多的话，各自想着不同的心思。当她把那沓半年时光挣来的3000块钱递到他手里，那样慷慨大方。哪个人没有困难的时日呢？做人有种东西比金钱还重要。她真的想帮助任何人，就像上次危急中他伸手一样。

“你发啥晕了，肉包子打狗啊！”表姐听跳跳说后，一脸的鄙夷和气愤。

“我想不会吧。”

“不会就怪了，哼，他不是一回两回借过，借去不是赌就是嫖了。”

……

“跳跳，我提醒过你。这钱我不会补给你，算是买个教训吧！”

可是，这是我半年的工钱，爸爸养病，弟弟上学，都等着我呢。跳跳默默想着，心里难受极了。我怎么就——借钱给他呢？而且他，不一定还拿去——做坏事。跳跳想到这里，眼睛有些湿润了。

16

当老陈贼眉鼠眼、满脸堆笑地出现在跳跳面前时，跳跳已在美发店里工作接近一个月的光景了。老陈给跳跳的感觉，就像一场噩梦，如此不真实，却又在生活中没完没了。

现在，老陈领教了照看小孩后丧失自我的痛苦，在表姐的陪同下，找跳跳商量来了。老陈说：“我是来向你道歉，那些日子生意不好，心情也不好，所以对你也不大好，请你原谅我。”

表姐说：“是的，你姐夫对你也没坏心，后来一直在问你的下落，很关心的。”

老陈带着笑得比哭好看一点的表情说，“工资给你再加一百块吧。你就帮帮你姐，我也得在外赚钱，不能辛苦她一个人。”

于是表姐拉了跳跳的手，叫着：“好妹妹，现在大大也渐渐大了，比先前轻松了。”

身不由已，跳跳还能说啥呢？当场跳跳告别了相处甚洽的姐妹们，走出了美容店。

几日不见，忙碌的老陈竟然将之前的帕萨特换了另一款新车。后来坐上奔驰、保时捷的跳跳才知道，这车叫宝马。现在坐在车厢里的跳跳，望着开车的老陈那喜笑颜开的表情时，只是在想，怎么这种人会这么有钱呢？唉，愈是这种人，便愈有钱了？

在美容店住了个把月时间，大大真的大了不少。他已经能蹒跚着走一段距离，口里还会叫“爸爸、妈妈”了。不过他已经忘掉了跳跳？当跳跳伸手去抱他，竟然被他推开了。再伸手，他迟疑了一下，用黑亮的眼睛看她，嘴里突然含糊不清地说：“爸爸。”大家不由笑起来，这让他更是兴奋地拍起小手。

老陈捏捏大大的小脸蛋，说：“真他妈的，谁都是你爸爸啊？”

17

一度在美发店拉直的黑发，也懒得多加打理。刚学会描出淡淡的双眉、红红的小嘴，也开始不会涂抹了。伺候大大，跳跳的心愈发失落。尽管，表姐和老陈对她还不时陪着小心。可是年轻活泼的跳跳，在外面的世界生活过后，怎能不渴望外面的世界。还有那个借了钱的小陈？

跳跳用了很多时间想他借去的钱，那是她半年的工钱，家人也急需用呢。想起钱就想起他，想起他就想起钱。

就在跳跳想了一天又一天，差不多半个多月，她不再相信他会还钱时，他出现了。

他拿着一沓钞票还给她，比原先还多300元。他说这是利息。

那种“死里逃生”的感觉让她惊喜异常，无论如何都不要300元利息，她只要属于她的——3000元。

他就不再坚持给付利息，并表示要陪她去把钱存了。

“不存了，我得马上寄回家呢。”她开心地说。

“那也行，陪你去邮局。”

她给表姐去了电话，让她回来看孩子。表姐只有一句话：“他会还——钱？”

“是啊，他还了！”她大声地说，心情好得很。没错，他值得相信。

他们第三次走在一起。不同的是，这次轻松而欢快。他问她家乡的事，她一一作答。她问他网吧的事，他仔细解说。他们都没有要走开的意思，因此寄钱后，他邀请她吃饭。

“好的。”她说着，抬眼看他。

他笑呵呵地看她，突然说：“你不化妆也很漂亮。”

她“唔”了一声，温柔地笑。

“化妆更漂亮。”他厚着脸皮赞叹。

于是她的脸红到耳根了，羞涩的表情，“别说了。”

他是故意的，哈哈笑起来。

她心里想，你真坏啊，真坏啊。

在幽雅舒适的餐厅，他们共进了午餐。买单时，两百多块。她很心疼，这可是她十天的工钱，就值这么一顿饭！

他笑着挥手，“就算是拿你的利息请你嘛。”

“奢侈。”她摆摆头。

“以后，让你见见更多的奢侈！”他说着站起身，趁着微微醉意，想拉她的手。

她装作没发现，手往后微微缩了一下，走到了另一边。

18

或许情窦初开，或许鬼迷心窍。总之，她不可救药地想着他。而他呢，也似乎这样？

接下来的日子，他们一有机会，就一起吃夜宵，逛新天地，游锦江乐园。他开摩托车了，她拽着他的衣襟，一路风驰电掣，忘乎所以。

“很晚了，要回去的。”她说。

“好的，我送你。”他拉住她的手，显得如此合拍。

有些时候，他也回家来住一晚。碰上一起回来，他总让她先进门，自己再兜上几圈才回。这让她很满意。

其实开始的两周，她也相当小心，处处防范。而他，表现得规规矩矩，没有任何的过分言行。这让她很放心。

充满期待的快乐日子，短暂而漫长。短暂，是在一起的时光好像总是不够。漫长，是在见不着他时总是想念。

“跳跳，最近你怎么了？”表姐问。

“没什么啊。”她笑着回答。

表姐仍是一副不解的表情，总觉得哪里不对头。

跳跳才不理会。跳跳想，你怎么想得到呢？

但是，小陈回来次数多了，这总归有点儿奇怪。表姐是何等精明的人，嘴里不说，心里却会细细琢磨的。

跳跳带着小不丁点儿的大大，能有机会出门毕竟少。小陈回来，又不能表现出太多的接触。越是这样偷偷摸摸，越是充满诱惑。她不肯去他的房间，也不许他进自己的房间，这是原则。因此他们所谓的打情骂俏，是在客厅、厨房、阳台，甚至卫生间里进行。一个晾衣服一个看风景，一个看电视一个发短信，一个煮面条一个正在洗碗，——他们用各种巧合碰在一起，但哪种办法也都是提心吊胆，不敢放肆。

终于有次，在卫生间，他靠着墙，用力搂住了她，仿佛要把她整个儿压进自己的胸膛里。而她整个儿的一阵眩晕，哆嗦着嘴唇说不出话，脑袋一片嗡嗡作响。哦，天啊，她心底深处有个声音在惊叫，怎么会呢？怎么会呢？

“跳跳？跳跳！”有人在叫她？

她慌张中“哦”了一声，俩人不约而同静了下来。

“你在里头么跳跳？”表姐的声音！

“啊！”跳跳努力稳住声音，却感到心脏在“怦怦”狂跳不止。

“我浴室的沐浴露完了，先拿你这儿的用用。”

“哦，我在上厕所呢。”跳跳急中生智，“等会儿送给你。”

“好吧，那你快点儿。”表姐说着，脚步声离开了卫生间的门。其实，这卫生间的门锁没用了，表姐完全可以开门进来。

真是谢天谢地。跳跳喘了一口气，这时感觉有些异样？明白过来，差点惊叫出声，同时羞愧得想哭。

什么时候，小陈的手竟然从腰后探进了内衣，由于戛然而止，他的手一直定格在那里……

第二天，跳跳走进表姐卧室，发现浴室内放着好几瓶沐浴露呢。这说明什么？跳跳像泄了气的皮球，登时软在沙发上，心想这下完了，她故意的，她准是知道了。

19

然而，好像什么都未发生过，表姐显得若无其事。这让跳跳心里非常难受，她宁愿表姐骂她一顿、打她一顿也来得好、来得痛快。表姐不喜欢小陈，为啥不阻止自己呢？跳跳满腹疑虑。

电话里小陈说：“想那么多干吗，你累吗？”

“我害怕啊。”

“怕个头啊，嘿嘿，——不就是偷情嘛。”小陈嘿嘿笑个不止。

“毛病啊你。”跳跳脸颊绯红，“不理你了。”

小陈还在笑，“爱你——不理。”

“哼——”

“爱你，所以不理你。”小陈电话里的声音贴在跳跳耳边，“说明，你很爱我，对吧？”

“讨厌鬼！”跳跳骂着时，嘴角却露出了一丝笑意。

表姐有意无意地放纵，使这俩人猖狂起来。有时候半夜，他们还互相发着短信。他悄悄溜到她的房门前，一遍一遍地请求：芝麻开门。

不过，她不开，不开不开就是不开。

老陈也觉察小陈回来多了，“怎么网吧夜里不忙了吗？”

“还有人管。”小陈说。

老陈看看小陈的房间，干净整洁，变了个人似的。老陈不再说话。小陈，也懒得理他。

老陈最近心情很不错。顺应潮流，他的棋牌室一分为二，一楼开足浴按摩，二楼棋牌。因此，有一群善解人意的姑娘给大爷们泡脚板放松放松再玩牌，玩好牌再来松动松动筋骨。这样相互促进，共谋发展，老陈的生意出奇的好。

卖电脑耗材的刘老板直翘大拇指，说你早该开足浴店嘛。老陈递了支烟笑说，这下你方便了。刘老板缓缓吸一口，拍拍老陈的肩膀，语重心长，“小姐要多流动流动的好。”老陈笑说那是啊，心里却骂了，瞧你干瘪的猴样，还挑肥拣瘦的呢。老陈他自己挑，那是应该的，那叫把好第一关。但老陈很有分寸，因此不管为把关忙到啥时候，他必得回家过夜。只是白日里，他太忙了，就不能回来。

这对跳跳来说，倒是个好事情。只要表姐不回，她就是这个房子的主人了。可以随意走动、唱歌、玩耍。累了，她就和小陈电话聊天。聊得不过瘾，有次小陈主动请缨，从网吧赶回来了。

他们甜言蜜语，肆无忌惮。就在客厅的沙发上，两个年轻人拥抱在一起，“奋不顾身”。她眼神迷离恍惚，如醉梦中。他激动而又清醒，缓缓地、轻柔地褪下了她的衣衫。他如此熟练利索，一手拥住她的腰身，一手探到身后解去了纽扣。他的瞳孔瞬间增大了许多，手指有些发抖。正当他的唇贴上时，他听到客厅的门有了响声。理智告诉他赶紧收手，而刚到手的“果实”让他无法割舍，真他妈的，他宁愿时光永远停留在这一刻。而她，竟然还在云里雾中。

竟然是老陈！当女孩半裸的躯体呈现在眼前，他不由怔了几秒。

十一月的天气已然凉了，仿佛梦中惊醒，跳跳一阵哆嗦，第一反应忙拿衣服遮住身体。

没得看了的老陈此时正眉目倒竖，巴掌对着还在发愣的儿子“啪啪”就是几下。

儿子爬起身，忙着躲闪。

老陈愤恨地吼叫："滚，给我滚，再不要回来！"

父子俩在厅里追打着，瓶瓶罐罐摔得满地都是，儿子嘴角的血都流了出来，嚷着："你疯了，你疯了。"

老陈是气疯了，老婆没讲错，儿子果然回家来鬼混，"小赤佬，给我滚，越远越好。"

小陈顾不及他，慌乱中夺门而逃。老陈手中的玻璃瓶像个炸弹一般，在小陈的脚后"炸"得粉碎。

这时的跳跳吓得躲在沙发里一动不动，满脸泪水。

"你他妈的狐狸精！"老陈回身往客厅里边走边骂。当发现跳跳仍是衣衫遮羞，愣了那么几秒，又说："你他妈的——狐狸精。"

跳跳只顾自个儿流眼泪。

老陈声音有些颤抖了，还是说："你—— 他妈的——狐狸精！"

跳跳充满恐惧，她是不敢起身，但分明又清楚这样不行。

老陈在她身前转了几圈，咽了一大口唾沫，还是说一句："他妈的——狐狸——精。"

跳跳泪眼蒙胧中，用眼角的余光感觉老陈正在身前。他像有什么事情犹豫不决，因此来回走。最后，他啥也没说，走了出去。跳跳听见自动门锁轻轻发出的咬合声。

20

晚饭也没做，因为表姐下午打电话说不回来吃。等晚上到家，已经快午夜了，她还特地给跳跳带回了不少好吃的。表姐坐在跳跳房间里，笑眯眯地看着跳跳，好一会儿，说："上午的事你姐夫说了。”

跳跳低下头，没回应。

“陈小光不是个什么好东西，你别上当啊。”

跳跳还是不吱声。

“跳跳？”表姐突然叫一声。

跳跳抬了头，“嗯？”

表姐又叹了口气，说：“有时我也想，带你出来，对你是好还是不好呢？”

……

“人往往觉得自己是在做好事，可结果似乎不见得就是好事。”

跳跳知道表姐不高兴了，忙说：“姐姐，我出来总比在老家强。”

表姐笑一声，“你能这么想就好。路还是靠自己走的。以后陈小光不来了，你就安心带好大大吧，姐不会亏待你。”

陈小光果然不来了。表姐简直是神机妙算。

陈小光恨老陈，这次更恨了。他在给跳跳的信息里说，要不是生活长期要依赖他们，早想离家出走了。

跳跳安慰说，你不要生气，我知道你真的不容易。

21

有时，同情心像是注射给自己的一剂迷魂药。跳跳可怜小陈时，就像母亲对子女，那样的包容。与此同时，叛逆的心理使她愈发厌烦照看小孩，想离开这个“鸟笼”。

表姐无可奈何，说：“跳跳，你以前不是这样的，晚上还要出去逛？”

“我一天都没出去呢。”跳跳说。

“你刚来时不是这样。”

“那时候不熟悉嘛。”跳跳出门的意愿总是那样坚决。这是我应该得到的自由，她想。于是，她不再多理会表姐，说是去卖菜的朋友小王家。

当走出大楼，站在人来人往的马路上，跳跳开心，觉得连空气都别样的新鲜。七彩的霓虹灯光在跳跳的脸蛋上，晃满了青春和漂亮。远远近近的高楼，流光溢彩，与天空的星星一起闪烁。跳跳喜欢这夜色。

小陈也喜欢，但玩世不恭的小陈更喜欢这座城市夜色下的生活。或者说，他是跳跳夜色下的全部，而跳跳只是他夜色下的小插曲。

他们上歌舞厅，和他的哥儿们冬瓜、茄子、萝卜干以及哥儿们的女人若干。他相当有面子，因为他的跳跳不仅漂亮，歌也唱得相当好。确实如此，跳跳一首《爱情三十六计》，引得群情涌动，场面热烈。他们嚷嚷着再来一首，要更 high 一点的。瘦瘦的萝卜干握了一把药丸，开始递给大家“分享”。男男女女，都得分享。小陈递给跳跳时笑说，吃吧，好东西呢。

跳跳看着小陈递来的药丸，又望望大家“分享”中那陶醉的场面，心里说不出的难受。她知道这不是好东西。她要拒绝。

小陈附到她耳边说：“给点面子，吃了吧。”

“不，我不要。”她坚决地说。因为生气，她的声音无意中提高了许多。

大家看过来。小陈的手不由激动地颤抖起来，没吭声，用食指摁在跳跳的脑门上。

跳跳的眼泪登时劈里啪啦下来了。她扔下话筒，起身往外走。

“唱吧！唱吧！”小陈向大家招呼，也不理会她。

跳跳走到门外时，站了那么一会儿。她想，他会出来吗？听听，却听见里头已是一片嬉笑怒骂声。他，陈小光不管我了。跳跳想着，心里疼痛得厉害。

歌舞厅外的夜色，那样凄凉。跳跳永远记得，那夜的天空，并没有星星和月亮。什么时候，下起蒙蒙细雨。初冬的夜风吹过，四周一片冰凉，不远的下水口在“咕噜咕噜”作响。

跳跳蜷缩在门外的台阶上，哭着，想着。想小陈，哭。想表姐，哭。想爸爸家人，还是哭。哭够了，发呆了，一阵的寂寞、无助、彷徨。她已理不清头绪，辨不清东南西北。

也不知多久后，他出来了。“跳跳”，他蹲在她身边，用难过的语气说，“对不起，我错了。”

她本来没了眼泪，这一下又给引了出来。

“你是个好女孩，你不像你表姐。”他的声音开始哽咽，“我该死，跳跳！”

她泪眼蒙眬地看他，在暗淡的灯光下，看到他脸颊上两道泪痕。她的心又痛了一下。

“我发誓，以后我也不吃！”他握住了她的手，恳求地说，“原谅我好吗？”

能说什么呢？她相信他是真诚的。因此，她像母亲挽救孩子一样，无语地伸手擦拭他脸颊上的泪。手机没电了，她轻声问他：“几点了？”

一看，凌晨一点多。他说：“不要回了吧，去我那边。”

她犹豫着。一个跳跳说，太晚了别回去，就当去小王家吧；

一个跳跳却反对，你得回去，回去总好一些。

七上八下的关头，他却像个助推器，已经招呼来一辆TAXI，把她的身体给载走了。

这一夜，下着初冬后第一场蒙蒙细雨。19岁的跳跳，终于和一个男人睡在了一起。

22

“你不在小王家！”表姐说。

“在啊。”跳跳红着脸辩解。

“我打过电话的。”表姐盯着跳跳。

“电话？”

“你的本子里。”

“哦。”跳跳的脸便白了。她的电话本在房间桌子上，表姐可以查找的。

表姐是何等精明，她并不追问，末了只是说：“跳跳，我心里很难受，你是大人了，做事自己要负责。别的，我不想多说，你自己想想吧。”

跳跳感觉无地自容了。她欺骗表姐，她和表姐所厌恶的人睡觉了，她还会成为这个人的妻子？这该怎么办啊？她有些懊悔。第一次，曾经少女时代充满无数美好幻想，在这样一个稀里糊涂的夜晚，给了这么个人，怎么会呢？

接下来的日子，表姐似乎对跳跳有些爱理不理。她不再要求跳跳晚上不出去，也不再和跳跳促膝交谈。跳跳显得那样可有可无，似乎随时离开这个家，表姐也不会挽留。这感觉让跳跳十分难过。

“宝贝儿，离开没啥，到我这儿来。”小陈亲昵地召唤。

“不，才不呢。”跳跳坚决地说，语音却有些悲凉。

23

老陈不老，老陈的心更是不老。老陈也不知道，这颗心怎么长的，在老婆告知儿子“奸情”后，他能那样大义灭亲。而那天亲眼所见的场景，日复一日，如今不时重返眼前，比这一辈子看到的哪一场电影都要生动。然而，他有些气愤，有些难过，又有些骄傲，还有些失落。老陈想，人真他妈是狗娘养的，换一个时日，或换一种心情，事情的结果就大不同了？英雄和狗熊，念起来就差那么一点点。

最近，从老婆那里他又知道小陈不少的事。他在外面野惯了，玩上七荤八素的不打紧，可如今竟然玩到了窝里头。老陈这颗心，郁闷得鼻血都快流了下来。在觉得儿子非常不对，心里强烈谴责时，他自己隔三差五还回家去看看，跳跳没事吧？

元旦后的一天下午，他回家了。大大一个人正在地上玩耍。老陈四处扫了一眼，听到浴室里水流的声音。她在洗澡？水流的声音哗哗的，时断时续。

他听得如此真切，以至于心脏跟着那声音此起彼伏了。他努力想让这声音平静下来，但是意识却逐渐模糊起来，眼前，恍惚闪现跳跳缩在沙发一角，裸露着那洁白的胸脯。那画面如同潮水上涨，波涛汹涌。

他开始有些迷糊，感觉自己像是褪掉了衣物，赤裸裸地奔向那潮水中。热气翻涌，他忘我地张开臂膀，拥抱过去。

她显然是吓蒙了。他看不清，感觉抱住了那柔软的身体。

她终于明白怎么回事似的，惊叫着挣扎起来。这惊叫声把他给拍醒过来。然而，清醒了的他却不再想找回那份理智……

他们扭打在一起，他抓住双手，强迫她就范。她却不给他任何施展的机会。他就像在水中摁住几只葫芦，这只葫芦才下去，那只葫芦却浮上来。莲蓬头洒下的水，依然热气蒸腾。终于，在他即将迫使她就范，或者已然就范的当口，他感到一阵晕眩。她总算得到喘息的机会，用双膝摆脱了他。他像抽掉了骨头的一堆肥肉，一屁股坐在了浴缸里。

他们现在能彼此看清对方了。莲蓬头的水还在不停地喷洒，分不清她的脸上是不是泪水。她奋力想爬起来，但他依然抓住她的手。他颤抖着说："原谅我吧。"原来，他是想她原谅才肯松手？她没有说话，也不再反抗了，就那样目光呆滞。

"原谅我吧，我也没做成"，他跪了下来，哀求地说，"跳跳，我晓得你不是处女了，别那么在乎，看开点吧。"说到这儿，他的手就松开了。

她爬起来，跑出浴室，把自己关在房间里。他待在那儿，这时感觉身上隐约的疼痛。肩膀上，不少地方正往外淌着血水呢。客厅里，传来儿子大大的哭声。他愈加清醒了，心里开始算计着最佳的处理方案。首先，不能报警。因此，他赶紧拨通了老婆的电话。

24

万念俱灰，也难以描述跳跳的心情。不到一年的光景，在这座大城市里，她的生活发生了彻底的改变。

表姐一把眼泪一把鼻涕，抱着连日来不落泪的跳跳，边哭边骂老陈断子绝孙，边骂边恨自己瞎了狗眼。“跳跳呀，只怪姐俩命苦，上辈子欠了这王八蛋的啊……跳跳，惹不起躲得起，我现在是摆脱不了，你就躲吧……可怜我家跳跳，爸爸瘫了这么多年，还有弟弟上学，都要靠自己撑着啊。”

跳跳眼泪就出来了。委屈的跳跳，不能想到爸爸，想到爸爸家人就要哭。要是爸爸健好，她准是还在学校念书。要是爸爸知道她受欺负，准会帮女儿出气。可是这一切都不可能。跳跳和表姐抱头痛哭。

“哭吧，哭出来就好了。”表姐抽抽搭搭地说。

连日来不见了老陈。但见也罢，不见也罢，跳跳已经不想再住在表姐家了。表姐说，跳跳，春节快到了，要不你先回家吧。

其实，离春节还有一个多月。看来表姐暗示她可以离开了。然而，跳跳能去哪儿呢？跳跳不清楚，但是她很配合表姐的想法，离开。

跳跳和小陈短信联系。小陈直接打来电话：“来吧，来我这儿。”

“不来呢。”

“来吧，一回生二回熟，你来就是二回了，好着呢。”

“好不好我清楚。”跳跳说。

再过一天，表姐带回了个保姆，一个30多岁的憨实农家妇女。晚上，表姐给跳跳一张卡，说：“跳跳，卡里两万块，开开心心回家吧，当啥事也没有。”

两万？跳跳吓了一跳，忙说：“这么多，不要的。”

“傻吧，给你就拿着。这些日子也委屈你了，算是做点儿补偿。”

“算了吧，我不要。”

“还真有不要钱的？”表姐摆摆头不可理喻地看着跳跳，“我特地找老陈要的，不要白不要。拿着吧！”

第三日下午，跳跳坐上了返家的长途客车。表姐说，到家给我消息。跳跳点点头，心里一阵难过，觉得愧对表姐。一年来的一幕幕浮现眼前，当年表姐那么小就来到这座城市，也不容易啊。

客车经过浦东，在一个停车场上客时，跳跳走了下来。场外，正站着一个眉开眼笑的家伙，——小陈。

25

同居。同床共枕。

一室户的老房子，晃荡着两颗年轻的心。

“他把你脱了？”

“——脱了。”

“脱了多少？”

“没——多少。”

“没多少是多少？”

“就是——还有点儿。”

“他自己脱了没？”

“——脱了。”

“全脱了？”

“好像——是。”

“有没有——摸你了没？”

“不要再问，好吗？”她红红的眼圈再也扛不住满眼睑的泪水，“吧嗒”掉了下来。他追根究底的盘问，让她十分难过。

他没有再问了，躺在一旁闷声吸着烟，裸露的胸膛一起一伏。

她躺在被窝里，脸对着天花板，身子光溜溜的，——什么也没有了，这感觉正如她的心境，空落落得可怕。最终，她侧过身，拥抱了他。“对不起，不要这样好吗？”她把脸贴在他的胸膛上，对着他的心轻声说。

他掐灭了烟，捧起她漂亮的还有着泪花的脸，低声说：“我真的——爱你。”他竟然蹦跶出两颗泪珠。虽然不见后续，但对于女人，这已是少有了。

她感动地凝视着他的眼，含泪微笑，“我知道，我也是。”

他们为自己感动得一塌糊涂。

老旧的公房隔壁传来老大爷的咳嗽声，好像近在他们床头。

他提高嗓门说：“听了也白听。”

26

因为跳跳，原先一室户的房子温暖了许多。小陈，也不再是原来的小陈，更像个上学的小孩，天黑了，必定回家。他学着蜡笔小新的声调，“美娅，我回来了。”跳跳就笑，弯弯的眸子里是笑得碎碎的光。

有时夜里，小陈接到朋友的电话，大概是喊他玩牌什么的。他犹豫不决，调头望她。她正看他，没有说什么，眼神里流露着期待。他读懂了。

然后，有点失落的他得到了她的拥抱，“答应我，不要去赌好么？”

他热烈地回应，“好，跳跳，有你在，我不觉得寂寞，我不会了，永远不会。”

“茄子”和“萝卜干”气急了找上门来，说：“三缺一啊，你他妈的都不顾兄弟了。”

小陈摆摆头，指指房间的跳跳，“我得陪她呢。”

“呸，啥时纯情起来了？你玩的女人还不多啊，也没见这副鸟样。”

小陈急了，“他妈的茄子，等有空了再陪你们，滚吧。”

“他妈的陈光棍儿，小心精尽人亡，兄弟不给你收尸。”他们骂骂咧咧地走了。

“光棍儿”走进房里，看见闷闷不乐的跳跳，她准是听见了。他坐在她身边，搂着她，抚摸那黑亮的发丝。

半晌，她说：“陈小光，你说实话，玩过多少女人？”

他颇觉好笑，可没统计过。不过他说：“咳，别瞎猜，他们胡诌呢。”

“肯定，不止我一个吧！”

“嗯，——两三个吧。”

“到底几个？”

“两个，上床的就两个。”

“没骗我？”

“没呢。骗你王八蛋。”

“花心的光棍儿，那以后呢？”

“以后就你一个。”他捏捏她的脸蛋，他知道自己说假话时从来面不改色心不跳。

“春节我回家了，你能照顾好自己吗？”

“放心吧，春节里我忙着赚钱呢。”

“网吧到底挣钱不啊？”

“就是设备更新快，没钱换啊。”

“换了生意就好？”

“那是，速度快，玩游戏的就多。”

“我这里有两万块，借你用吧？”

“真的？”他的眼睛都冒出光了。

“是啊。反正这次你得付利息。”

“哦，好说啊，春节肯定能挣钱！”

“怎么谢我。”

“唔，爱死你了！”

27

春节，有报纸上称作的“民工潮”从这个国家的四面八方来回涌动。他们走南闯北，带回不同的消息，不同的故事，不同的结果：有手机的摆弄着手机，有大头皮鞋的晃荡着大头皮鞋，有西装的必得扣个红花领带，凑在一起说东道西。

然而，哪一个眼界比她跳跳高，看得远呢？有手机的，还不懂拼音发信息；大头皮鞋的，几十块钱的人造革；穿西装的，那领带像条猪肉肠。她跳跳，说出来吓不死你，一双皮鞋800块。那是小陈送她的！跳跳很幸福。

幸福的跳跳看着病床上的爸爸，说：“上海医院要是有治的，以后咱一定去治。”

那时候，他们还不知道爸爸有了更可怕的疾病。爸爸是在外头见过世面的，只是回来的结果成了个没用的瘫子。“哪有这么多钱，算了吧。”

“不多的，听说四五万块吧。”

“吓死人，四五万，就是有一万块，我也舍不得。”

“留着做啥啊？”跳跳笑了。

“给你弟读书、盖房子、娶媳妇呢。”

跳跳摆摆头，不说话了。爸爸的床头，摆放着一大瓶塑料杜鹃花，是跳跳特地买回的。望着杜鹃花，跳跳想起那个在山野里采下杜鹃花的小女孩，一束一束，插在“娃哈哈”瓶子里……

不过，那已是很遥远的事情了。现在，这小女孩要努力，让爸爸重新站起来，自己走向春天的田野，亲手去采下家乡那漫山的杜鹃。

但是，这一天还要多久呢？

跳跳给小陈发消息，小陈回复“忙”，就一个字。

跳跳觉得发消息不过瘾，就给小陈电话。小陈半天不接，过了许久再打过来，说：“我忙呢，可以赚很多钱啊。”

跳跳笑了，眼神里充满了女孩那明亮而欢快的光芒，仿佛许多的梦想，已近在眼前，触手可及了。

28

到正月初五时，给小陈发信息，他一天没回信。跳跳急得拨电话，也不通了。毫无征兆，突然联系不上，怎么回事？担忧笼罩了跳跳。不等过完十五，她就匆匆赶回上海。

春寒料峭，下半夜的风冷如刀割，鞋子里的双脚冻得没了知觉。但这一切都没什么，她最关心的是，小陈怎么了。

走进一度熟悉的小区门口，门卫窝在小房间里正打着瞌睡。路灯在两旁的树木里晃荡着清冷的光，她的心一阵揪紧。

到了熟悉的门前，拿出钥匙，她用哆嗦的手去开锁，几次都没办法插入。她放下所有的包裹，在走廊的灯光下，用双手去开，——根本和钥匙不匹配！锁换掉了，锁竟然换掉了！她瞬时没了知觉，像个木偶，呆呆靠在门前。

怎么会这样？怎么会？小陈，你怎么这样对我？

她开始疯狂地按着门铃，拍打着铁门，但里头没有任何反应。旁边的邻居老大爷给吵烦了，打开门嚷嚷：“你做啥啊？做啥啊？”

跳跳拎了包往楼下走，她没心情理会这老头子。小陈，你会去哪儿呢？我不相信——不相信你有这么坏！想到这里，她的眼泪流了出来。

现在，该往哪儿去？表姐家是不能去的。偌大上海，没有一个容身之地了。而昨晚，她还在家乡温暖的怀抱里。

她蹲在显得安全一些的门卫室旁，在昏暗的灯光下，找出一件厚衣服披在身上，整个人仍然冻得发抖。但她只能这样熬一晚，等天亮再作打算。

夜风冰冷冰冷，头发像是结了冰一样，她的手指头也不好使了，几次都拉不住衣角。低着头，她呆呆看着地面。那里，落叶在风中满地翻转，簌簌的一片狼藉。不远的马路上，断断续续传来车辆飞驰而过的声音。突然，她想起中学课本里的诗：朱门酒肉臭，路有冻死骨。现在她如此真切感受到那“冰冻”的感觉。刹那间她暗自发誓，不要做一个穷人，做穷人是这样可悲。脸上的眼泪冻干了，没有再涌出的意思。

不知多久，门卫室的门突然打开了。一个五六十岁的门卫叹口气，走过来说：“小姑娘，进里头吧，外头的风大。”

29

网吧，显然歇业了。跳跳站在大门外，呆了好一会儿。这里，春节前她还投入了两万块。那是她亲手交给他的，厚厚一沓。既然换了锁，早该想到这里关着门。

跳跳又提着大包小包去找卖菜的小王。小王家的门也是锁着的，她一家人过年还没回来呢。跳跳有点乏力胸闷，坐在水泥台阶上时，一阵头晕眼花。不能累倒的，跳跳心里对自己说，你要坚强，要坚强。现在，该好好想一想。

夹杂着几分无奈、几分尴尬，跳跳出现在了表姐的美发店前。表姐没有到，店里的小娜和另一名女孩坐在沙发上抽烟。大冷的天气，没什么客人。跳跳突然冒出来，面容憔悴苍白，着实让小娜吃了一惊。大家寒暄了一阵。听跳跳说着离开美发店后的一些遭遇，小娜连连摆头，“陈小光，好像进了局子。”

“是他吸毒什么的吧？”另一个女孩说。

“我早猜到这家伙迟早要走火的。”小娜吐出口烟，一脸鄙夷，“跳跳，别当回事儿，没了谁，地球照样转着呢。”

跳跳微微笑了，眼睛竟然一眨也不眨。

“走吧，先搬到我那里将就几天。”小娜站起身，拍了拍跳跳的肩膀。

“小娜，真是很谢谢你。”

“出门在外，就要相互照应，姐妹们不要客气了。”

小娜竟然单独住着两室一厅。电梯一直溜把她们送到了十七楼。小娜打开门时，明亮舒适的房间让跳跳瞪大了眼睛。“小娜，租金很贵吧？”

“不呢，买下的。”小娜拉开客厅的窗帘，远方的东方明珠和金茂大厦迎面而来。

“你——买的？”

“是啊，老公给我买的。”

“你有老公了？”

“奇怪吗？呵呵，是啊。”

跳跳恍若隔世，想不到身边的小姐妹竟然有这样的能耐。可是，“小娜，那你还在美发店干啥活儿——”

“无聊啊，你不晓得我多无聊哦，闲得那个难受啊。”小娜笑着给跳跳倒了杯水。

“那你——老公呢？”

“他忙呢，个把礼拜都来不了一回。”

“那春节你也没回去？”

“呵，他们收到钱就开心了，十年不回去也不管你。”小娜点了支烟，吞云吐雾起来，“这社会，这城市，有钱就是大爷。”

跳跳沉默了。

“跳跳，听我的，保准你也做大爷。”小娜倒在沙发里，仰头对着天花板说。

30

小娜给跳跳介绍到一个老板叫华姐的美容养生休闲会所。会所很大，几层的楼面。会所美容的没见多少，休闲养生的接二连三。华姐上下打量了跳跳一番，猩红的嘴唇里吐出句话：“是个苗子。”

跳跳确实是个苗子。在师姐的培训下，从一般按摩到港式、泰式、日式，触类旁通，学得比贼还快。但跳跳还是有点儿胆怯，偷偷对师姐说："我怕给男人按摩。"

师姐说："刚开始谁都怕，按过几次，就上手了。"

"那——有没有很难缠的？"

"当然会有。跳跳，反正你是为挣钱，好的你当他大爷，孬的你就当头猪。"

晚上回来，跳跳当新闻说给小娜听。小娜就笑了，"你太老实了。"

钱不好挣。华姐的店没有底薪，每个项目也只能拿到十分之一的提成。比如洗头 30 块，半小时下来，跳跳只能挣 3 块钱。又比如一般按摩 80 块，一个钟点下来，跳跳能挣 8 块钱。因此，店里的小姐们都拼命想客人按摩，高档的按摩，有的甚至悄悄随客人出台。但跳跳只做普通服务，几天下来累得腰酸背痛，相比其他姐妹，挣钱却少多了。

跳跳按摩的第一个客人叫刘哥，戴副眼镜。刘哥是第一眼就点中了站在角落里的跳跳。华姐笑吟吟上前点头说："刘哥，您的眼力就是好，是新来的。"

刘哥呵呵一笑。

华姐转身拉着跳跳说："小姑娘，可要招待好咱们的刘哥。"

还有些怯生生的跳跳陪着刘哥上电梯进了一个上等包厢。这上等包厢不是对所有客人开放的。刘哥的声音很温和，"来不久吧。"

"是。"

"随便按，没关系。"刘哥安慰手脚有些慌乱的跳跳，"什么名字？"

"跳跳。"

"这名字好，你想出的？"

“不，从小爸妈这么叫。”

“哦？”刘哥笑一笑，大概想她还不懂用个假名。

就这样一问一答，45 分钟不觉过去了。临走时，刘哥竟然扔下 500 块小费。他真大方，跳跳想。

不过跳跳后来很久也遇不上这样大方的人了。于是，刘哥在跳跳的记忆中更加深刻起来。

31

小娜“老公”大哥终于有时间回来了。他们一起用餐，跳跳也在。

看大哥四十几岁的模样，高大魁梧，相貌堂堂。小娜说过，大哥是做大生意的。做大生意的大哥，其实很累。小娜懂得他累。大哥不来，她安静地等着，从来不会催他；大哥来了，她细心周到地伺候，从来不会多嘴。大哥要求就这么简单，小娜说。

可是，他爱你吗？你又真的爱他吗？跳跳想。不过，跳跳又回忆起去年表姐的话来，“什么喜欢不喜欢，过着日子就喜欢。”也许，真是这样，爱是个什么东西呢？想起年前的小陈，那海誓山盟，如今留下了什么？

大哥是个活泼的人。看着自我“沉醉”的跳跳，便侧身对小娜说了句什么。于是俩人都哈哈笑起来。

跳跳抬头不解地看他们。

“跳跳，大哥要给你找个男朋友。”小娜说完，挽着大哥的脖子，又一阵笑。

跳跳脸涨得通红，咬着牙狠狠瞪了小娜一眼。

“喏，好心没好报。”小娜指着跳跳，笑个没完没了。

跳跳只好不理她了。

晚上大哥留宿。跳跳早晨起床做早餐时，已经不见他的踪影，玄关下的鞋子都没了。喊小娜起床用餐，她懒懒地不想起来，靠在床头说，“你看柜子上。”

跳跳站在门边望过去，柜子上是厚厚一沓钞票。

小娜伸了个懒腰，“跳跳，这是给你的。大哥说没给你带点儿啥，让我陪你去买些衣服什么的。”

跳跳心里“咕咚”一声，很是意外，天啊，这些人，钱还是钱吗？

“进来呀。”

“哦，不呢，我得赶紧上班去。”

“咳，上班是用来打发无聊的，你要靠这个挣钱啊？辛苦一年，还不如人家一天！”

可是，人活着是不一样的吧，她跳跳没有太高的奢望。然而，面对这样的悬殊，跳跳的心里也难以平静，辛辛苦苦才挣几块钱。

到底，人应该怎样地生活呢？

关于那个人，那个弃她而去的人，又像谜一样的让她关心。那记忆中如此温柔甜美的一室户生活，令她有时会去那里徘徊，总期望能发现哪怕一丝惊喜。也有时，她去表姐的美发店，和表姐客套几句的同时，想得到哪怕半点儿消息。然而，没有她所要的。

表姐现在准备和老陈离婚了。

或许，多年前就该离了。又或许，结婚就是个莫名其妙的问题？

32

大哥要去见一个重要的客户朋友，带上了小娜和跳跳。大哥说，你们得帮帮我，这兄弟给了我不少生意。大哥的话很温和谦虚，就像大哥的轿车一样，坐在车里的跳跳，感觉哪儿都舒服适意。

大哥去的是一家非常高档的娱乐中心。那里一层又一层的服务生，男男女女都是那样的俊美柔和，款款地向你鞠躬。该亮的地方金碧辉煌，该暗的角落如梦如幻，一切让跳跳的脚都飘飘然了。

景观包厢是早就定好的。朋友还没有到。大哥品着红酒坐在窗边看夜景，小娜陪伴着。跳跳就在那里唱歌。

当房门打开时，大哥迎了上去，跳跳惊呆了，这个戴副眼镜的中年男人，——不就是她接待过的刘哥吗？跳跳尴尬地低下了头。

刘哥显然也认出来了，指着她哈哈笑起来。

“你们认识？”大哥问。

“何止认识，我们——好朋友呢。”刘哥走近跳跳说。

“这样啊，那更好，省得我介绍。”大哥笑着看跳跳，“好好陪刘哥吧，他是个大福星。”

是世界太小了？跳跳觉得真够绝的。不过，她很感激刘哥刚才的话。

“有缘人啊。”刘哥向跳跳举起酒杯。

没错，不信缘分不行了。跳跳拿起酒杯，俩人为这缘分一饮而尽。确实，一个人如果觉得彼此有缘，那份亲切自有不同。刘哥说，他祖籍浙江人，父辈才到的上海，他当兵出身，后来靠自己的努力转业从政从商，几经周折，也吃过不少的苦，才有了今天。刘哥说，跳跳，你也会有出息的，不要小看任何人，只要你肯努力付出，有一天就会成功。

跳跳想，这个连大哥都敬重的人，在这个社会的身份应该很高了，瞧他说得多好啊，戴着眼镜是挺有文化的。

后来大哥和刘哥在窗边聊天去了。小娜对跳跳说："你该唱《十送红军》这些。"

"怎么说？"

"他们这群人，还挺怀旧的。"

"是吗？"

"当然。"

跳跳便放弃了《爱情三十六计》，开始唱起老歌。不出小娜所料，当唱到《让我们荡起双桨》，大哥他们笑着走了过来。刘哥更是赞叹："唱得好，唱得好哇。"

大哥说："合唱一首吧。"

刘哥不置可否，"好久没唱了。"

小娜就去点歌，说点你的王牌。

跳跳想，看来他们不是第一回来了。点的是《在那桃花盛开的地方》，这歌跳跳还是喜欢的。

刘哥唱得真不含糊，一副艺术家的音声唱法。曲中，他伸手邀请跳跳共唱。他的手那样文质彬彬地在她眼前展开，这诚意让跳跳莫名的欢喜和享受。她站起来，把手交给了他，就像电视上的演唱会里那样。

接着，在另一曲中，他邀请她跳舞。她有些尴尬，说："我，——还不会呢。"

"没关系，刘哥教你，很快就会的。"他的话，就像一张两米多的床，绝对的宽大实在。

在小小的舞池里，他们进进退退，一起欢笑。大哥有事先走了，因此是刘哥送她们回家。刘哥说：“荣幸送俩美女。”

“刘哥做车夫，我们才叫荣幸呐。”小娜回应。

刘哥就哈哈笑。

小娜告诉跳跳：“刘哥白日里不开车的。”

“为啥啊？”

“有司机呗。”

自己能开不开，不是成心浪费钱么？跳跳想。她还不懂这些人的状态，更不会用“官僚”这个词。

临走时，刘哥对跳跳撂下一句话：“有什么困难，找我或大哥都行。”

跳跳点头记住了。

等跳跳躺在床上时，睡不着，心里还在想，要是让他拿钱给爸爸治病，他帮不帮呢？不过，不好意思开口问。但是，他们应该不在乎这点钱吧……在七猜八想中，跳跳进入了梦乡。

33

小娜要去国外旅游了。签证弄了许久，最终还是大哥找关系给办了。小娜骄傲地摆弄着临时护照说：“关系就是速度啊，跳跳。”小娜这一走就是两个礼拜。

跳跳独自住在两室一厅的房子里，寂寞如潮。去华姐的美容养生会所？跳跳开始了厌倦，——劳心费力，钱却少得可怜。抽屉里，有好几叠钞票，足够她跳跳开支花销。可是，凭什么花这些钞票呢？

跳跳又寻找不到合适的理由。没有合适的理由，跳跳心里就长满了疙瘩，吃不好睡不香。这样几日折腾，一天早上醒来，跳跳觉得自己生病了，浑身酸软，身体发烫得厉害。

她挣扎着爬起来，按老家的方子，在厨房熬了姜汤，喝下一大碗。跳跳想再躺一天或许会好转吧。

人躺在床上，整个屋子安安静静的，没有丁点儿声音。跳跳有点儿害怕了，多想有人来陪自己、照顾自己啊。然而，能找谁呢？陈小光？多时不想了，此时想起来，跳跳一阵一阵的心痛。现在，假如我死了，也没有人知道的。跳跳悲伤地想，没有亲人朋友真是可怕啊。

迷糊中醒醒睡睡，等阳光透过窗帘，在窗角下的地板落下淡黄的余光时，已快傍晚了。跳跳感觉自己还是发烫的，想想接下来的漫漫长夜，心里生起恐惧。摸起手机，她搜索起号码，或许，给表姐打个电话？

拨通时，一个温和的声音传过来，是刘哥。

“我病了。”跳跳楚楚可怜的声音。

“哦，我马上过来。”

放下电话，内心矛盾的跳跳闭上了双眼。她是拨通了刘哥的电话。

刘哥真是无微不至的人。在她的额头敷上凉凉的毛巾，喂给她吃凉凉的西瓜，对她说许多贴心的话。刘哥打电话咨询医师朋友，出去购买药物食品，煮好香喷喷的大米粥。等再次能坐在床边时，已是夜里十点以后了。刘哥厚实的手掌里，是跳跳的小手，跳跳感觉就像有一股股清泉，顺着小手的血脉，向她的心窝流淌过来。

刘哥没有这么想，刘哥是不会乘人之危主动出击的。刘哥看看手表说：“我得走了，跳跳。”

哦，刘哥还是要走的，跳跳仿佛突然才明白过来。跳跳缩回了手，点点头。

“明天一早我就过来，乖点哦。”刘哥用手轻轻拍她的脸蛋，像在哄一个不听话的小孩。

失落的感觉，就像呼啸而下的电梯，带走了那些梦想和希望。

天，还微亮。当门铃响起的一瞬间，积蓄一夜的感情像打开的闸门，跳跳激动地伸开臂膀，迎接那可亲可敬的来客。她没想到，这就是“投怀送抱”。

34

小娜回来时，跳跳对心爱的刘哥已是心驰神往。仿佛已了如指掌，小娜笑话跳跳，“我才外出几天，你就守不住啦？”

跳跳登时红了脸，追着小娜说：“你这嘴，我饶不了你。”

两个人打打闹闹，倒是添了不少开心。

私下里，跳跳请求小娜，千万不要告诉表姐他们。小娜说，这个你绝对放心，当初让你来，就没把你当外人。

跳跳放心了，不想多想了：发生了的，也许就是命运吧。

刘哥的交际应酬很多，还经常出差。一有机会，他就带上漂亮聪慧的跳跳。刘哥的日子真够幸福。他的跳跳能喝，酒桌上挣够了面子；他的跳跳能唱，KTV 里技压群芳；她的跳跳能睡，刘哥的夜生活像花儿一样绽放……

刘哥给大哥打电话时，抑制不住的欢喜，“兄弟，这回值了，嗨，爽。”所谓“女人如衣履，兄弟如手足”。大哥够交情，好宝贝儿都淘来给他。

当然，大哥的兄弟很多，不是每个兄弟都是他的手足。刘哥亦如是。而女人是不是衣服鞋子，如何购买使用多久从而达到效益最大化？他们每个人的心里亮堂得很。

“跳跳，有啥困难跟我讲。”刘哥在被窝里真诚地提醒跳跳。

“没有，目前还没有。”跳跳感激地告诉刘哥。因为跳跳不是为了钱财这些跟刘哥好，也不是为钱财去陪刘哥应酬的。

“跳跳，叫我怎么感谢呢。”

“谢什么呀，没那么多事儿。”

“好心肝儿，没白疼你。”刘哥把跳跳搂在怀里，眼镜里装满了笑。

“好心肝儿”人见人爱，刘哥的朋友客户也不例外。尤其“光头”，因为想见跳跳喝喝酒，生意尽量往刘哥的公司靠。“光头”是私下的称呼，“光头”在平日交往中，头上还是有头发的。“光头”只是夜里睡觉时，摘下罩了一天的头发，于是光头。

跳跳陪这光头喝酒不是一次两次。跳跳酒量大，“光头”也不赖。“光头”多次提醒刘哥，挑个有空的时日，他是要不醉不归的。

刘哥说，没问题，兄弟，你一句话。

35

“光头”还邀请刘哥、跳跳一起去郊区打高尔夫。跳跳平生第一次见偌大的草地，郁郁葱葱，漫山遍野，愣了好半晌。刘哥晃着杆子对跳跳感慨地说，跳跳，人活着就是这个球。

“光头”露出坏坏的眼神，笑着说，到底是哪个球。

“其实，哪个球都行。咱中国话有这能耐，你想要整个道理，横竖都通。”刘哥边说边摸球杆，打出了一球。“人就是个球，谁都想一杆进洞，但每个人的手段不一样，结果很不同。”

太深奥了。跳跳说。

这就是打高尔夫享受的东西。还有很多人，连球杆也没机会摸，更不要说进洞了。刘哥这么说的时候，有些儿得意。

那我赶紧摸一摸。跳跳去摸球杆。

呵呵，我是打个比方嘛，跳跳，记住不要放过任何机会，进洞！刘哥起杆,那球在空中滑出一道弧线,稳稳落在洞口不远。

跳跳感觉自己有点儿智障似的，怎么就不太明白刘哥的话呢？跳跳倾慕地看着刘哥，想这戴眼镜的男人，难怪被大哥这么尊重，真是有文化！

“光头”往过来，嚷嚷，跳跳，你也不关心我了？

跳跳不好意思地说，我也在看你呢。

“光头”晃晃身子，发问：看哪里呀？球？

跳跳的脸便“嘭”地红到了耳根。

36

入夏后有日夜里，他们仨人喝酒，直喝到酒气熏天，天旋地转。跳跳最先感觉天旋地转的，尽管好像还不到平日的量。跳跳赶紧靠倒在刘哥身上，说我今天不行了，喝不下去了。跳跳听刘哥说，我扶你回去休息。跳跳点头，之后一阵人影绰绰，昏睡过去了……

醒来时，眼睛还睁不开。跳跳摸摸身边的刘哥，却摸着了个光光的脑袋。跳跳吓得爬起身，往那脑袋看去，如梦方醒。身子光光的，借着壁灯的光，跳跳看出是在宾馆里！在光头如雷的鼾声中，跳跳一动不动，努力地思索着什么。

过了好一会儿，跳跳爬下床，拉开窗帘，站在窗前。黎明后的都市，血红的一抹阳光还在遥远的云层里挣扎。远方的高架桥上车流不息，来来往往，在那毫不相干的地方穿梭着。跳跳向窗下望，望不到房子的底楼，很高很高。晨风钻进来，窗帘布在身边无奈地纠结、扑打着。

完了，算了，还有什么？还要什么？他们都是骗子！他们都是坏蛋！这社会没什么好人，这个城市没什么好人！活着有什么意思，不如一了百了……

可是亲人，我会辜负了我的亲人，我要是死了，——你们会怎样难过？会怎么办啊？泪眼婆娑中，她憔悴地跌坐在窗前。紧紧咬住的嘴唇里，有一丝血，正从嘴角缓缓流下来。

过了许久，她爬起来走进浴室，开始从容不迫地洗刷着身体，让哗哗的水流过每一寸肌肤。这样，就洗干净了。穿好衣服出门前，她望着酣睡的“光头”，他太累了，睡得实在香。她不由在他脸上给了两个耳光，左边一个，右边一个。然而，他哼哼唧唧几声，眼也没睁，比死猪好一点点儿。

37

刘哥来了电话，不接。跳跳在一家酒吧里独自畅饮。

跳跳表现出来的酒量，吓来了酒吧的老板。一杯就得几十元钱。跳跳已是个有钱人了。有钱人拿眼光去瞟他们，个个都显得乖顺恭敬，只会偷偷拿眼来上下打量她。跳跳就笑了，因为她想起下身内裤也没穿。那曾是条很漂亮的蕾丝花边儿内裤。“光头”糟蹋了它，不要了。

小娜来电话了，说，女人，你哪儿去了。

跳跳笑一笑，跟男人跑了。

靠，别说这浪话。

跳跳还是笑一笑，把手机给关了。

跳跳回去时，已是夜里。“看着我，小娜，告诉我，这是不是一场阴谋。”

“怎么说的？”

“一开始在华姐那儿，我碰上刘哥，你们都清楚的，对吧！”

“跳跳，没有人逼你。”小娜抽着烟，不想看跳跳。

跳跳笑了，“是啊，我心甘情愿，我只是想知道嘛。”

“知道又能怎么样呢，跳跳，我们就是棵菜，懂吗，你懂吗，是供别人挑拣的，要是晚了，还得贱卖。”

“没关系，小娜，我算是明白了。”

“明白啥？”

“很简单，闲着也是闲着。”跳跳笑着伸手，“拿支烟来。”

“哎哟，我说你这女人，比我当年进步快多了。”小娜嬉皮笑脸地说，给她点上烟。

跳跳呛了一口，咳得眼泪都要出来了，却只是笑。

38

再见到刘哥时，刘哥眼镜里的眼神丰富多了。

跳跳若无其事地把刘哥拉进房间，睡觉。

“那天我真是喝晕了。”刘哥还想解释点什么时，跳跳晃晃指头，迎了上去。

“你舌头大，有福气。”跳跳说。

“你嘴巴甜。”刘哥满心欢喜。

临走前，刘哥打开了皮包，皮包里是一沓沓钞票，用白纸条捆绑着。刘哥拿出了一沓又一沓。跳跳知道，那一沓就是一万。刘哥说，跳跳，我没啥帮你的，这钱你去存了，日后自己用得着。

跳跳笑了，按住刘哥的手，拉过包，将那放在柜子上的钞票一沓沓装回去，足足十来沓。跳跳说，刘哥，我真的不是为了这个跟你好。

这个跳跳。刘哥半晌没吱声。刘哥从来不亏待他人，何况他的“好心肝儿”？刘哥又搂住跳跳，两人滚倒在床。这样不知到了几点钟，刘哥手机响起来时，他刚迷糊睡了一会儿。刘哥对电话里说，和客户还有点事儿，不过很快就能回来。刘哥真是个好丈夫，除了外地出差，他从来不在外面过夜。

放下电话，刘哥说：“我要走了。”

跳跳迷迷糊糊中睁开眼，说：“我帮你冲个澡吧。”

刘哥往身上瞧瞧，摸摸跳跳脸蛋儿说，我自己去，你好好休息。

刘哥就去冲澡了。跳跳拿起刘哥的手机，聚精会神地研究着。

39

“你本事够大,还能立牌坊！”小娜拎着一袋钞票扔给跳跳。刘哥后来托她转交的。

跳跳笑一笑，淡漠的笑，而后无所谓的笑，进而得意的笑。

小娜说，跳跳，你比我强多了。

“我比你的肉香。”跳跳骄傲的表情。

“你个狐狸精，你还不得了了啊。”小娜骂着追赶跳跳，两个人闹作一团。

其实，跳跳是内心不想要刘哥的钱。面对大把的钞票出现这种心理，跳跳自己都很奇怪。然而，人家一定要给你，还能说什么呢？

40

再随刘哥出去，跳跳已经像个全陪的公关小姐了。“光头”朝刘哥打个响指，“瞧，给我开发出来了吧？”

刘哥吐出口烟，笑一笑，总是显得那样得体。

“大上海就是这么开发出来‘地’。”“光头”悠然自得地说，晃晃手中的红酒，“接下来，中央要开发大西部了。”

刘哥瞥了一眼跳跳，她正在另一厢和一个男人斗酒呢。男人的酒杯时时碰过来，碰在她的胸脯上。刘哥触景生情地说：“开发大胸脯吧。”他就拿眼看“光头”身边那姑娘的胸脯。

那姑娘娇柔作态，羞答答中却挺了挺露出半截的胸说：“唔，——你好色呀。”

“光头”推推那姑娘，说：“刘哥‘色’你是给你面子呢。”

姑娘就笑，拿了酒瓶儿来给刘哥上酒。旁边的几个姑娘就鼓掌了。

酒足饭饱，他们驱车去早早已经订好的酒店，准备在那里玩玩牌。那姑娘钻进刘哥的车，说：“没意见吧？”

跳跳就笑，“刘哥，多多益善。”

那姑娘对跳跳报以一笑。

刘哥不会在酒店通宵，打了几圈牌就回了房间。跳跳正和那姑娘谈得火热，空调房里，那姑娘衣衫零落，相当艳丽。刘哥说："跳跳。"跳跳和那姑娘一起迎了过来。

刘哥说："你们不去看看牌么？"

"不看，我们就看刘哥。"那姑娘媚笑起来。

"给刘哥冲个澡去吧。"跳跳吩咐那姑娘。

刘哥笑着看跳跳。跳跳笑着看刘哥。那姑娘聪明灵活极了，已去浴室里放了水，喊着"刘哥刘哥"呢。

刘哥吻吻跳跳的额头，转身进了浴室。跳跳笑着，拿起手机，又换上一个卡号，准备发什么信息呢。

等刘哥和那姑娘从浴室里光着身子出来，都快半个小时了。"我也去冲一下。"跳跳笑着进了浴室。跳跳脱下衣服，浴缸放了水，在浴室那宽大的镜子前照来照去，脸上浮起了丝丝笑意。水尚未放满，她就听见房间里传来叫嚷声。

跳跳开门，看见一个肥胖的女人，她正像老鹰抓小鸡似的，堵住刘哥和那姑娘的去路，嘴里叫骂着。当她回头看见跳跳时，面孔更加狰狞了，"哎哟，还藏了个小的啊？狼心狗肺啊！"她一把手就扭住了跳跳，另一只手抓过来，"臭婊子！"

刘哥和那姑娘趁这空档，全身还就套着个小短裤，挣扎几下，冲了出去。

胖女人没抓住他们，巴掌就继续向拉着她的跳跳扫了过来。

跳跳一脸笑意，也不躲避，就这么被胖女人扫过来，捶过去。她心里对自己说，跳跳你活该呀，打死了也活该！鼻血冒了出来，花在脸上，很是恐怖。

胖女人打得心虚了。她没见过打不还手的"婊子"，而且这"婊子"还挺享受的样子。

门前有了说话声，跳跳听见“光头”的声音，他带了保安来解决问题。不一会儿，胖女人大摇大摆地出了门。保安退了场。

“光头”止住跳跳的鼻血，把她抱进浴室里。浴缸的水早已溢了出来，满地都是，一次性的拖鞋正在那水面上荡悠着。

41

刘哥给跳跳打来电话，沮丧地说：“暂时不能来看你，原来老婆监视我了。”

跳跳说：“原来这样啊，我都差点儿破相了。”

“心肝儿，是刘哥对不住你，往后补偿。”

“哼，你这么怕老婆啊？”

“不是呢，我的资本是借她家的，会卡我呢。”

“啥叫资本？”

“咳，就是本钱嘛。”

“哦。”跳跳无声地笑起来。

看着肿了脸的跳跳，小娜慨叹，“还是大哥好，谁也管不着，爱谁跟谁。”

“也有管他的。”跳跳反驳。

“谁？”

“阎王爷呀。”

“你有毛病了，去，上医院。”小娜挥着手。

跳跳笑了，觉得自己病得真不轻。

42

那姑娘对跳跳印象特好。因为她注意到跳跳为救她和刘哥拉住了胖女人。那姑娘在高档的娱乐城工作，偶尔还会出台。

跳跳说："我跟你出台吧。"

那姑娘说："你要是来，日后不准成个当家花旦。"

跳跳笑了，说啥"旦"也不要，要几个王八蛋。

跳跳真的有空了无聊了就去坐台。只要价钱不错，一看也不是神经病的，跳跳还肯出台。"光头"他们也会找她喝酒玩耍，跳跳一概奉陪到底。

小娜说："跳跳，不要多久你就是富婆了。"

富婆？跳跳从来没有想过。跳跳连自己为啥会出台都没有好好想过。她只是觉得这样能挣钱。因为除了挣钱，跳跳还能做什么？

转眼，这座城市，又是一个秋天了。

43

小娜告诉跳跳，她看见小陈了。小陈还向她询问，她谎称已经不清楚了。

跳跳没有吱声，眼眸子都没眨一下。

"你要见他吗？"小娜问。

跳跳看看小娜，反问了一句："有多少出台费？"

小娜哈哈笑起来，说："跳跳，你算是修炼到家了。"

但不几日后，跳跳还是被小陈拦在了小娜家楼下。他一路跟踪了小娜。平静的跳跳，把小陈带到了茶室里。近一年光景不见，小陈更瘦削了，下巴尖尖的，还留起一撮胡子。小陈拉扯着胡子绘声绘色地说，他春节去外地进货，全赔了，很对不起她，一直在外地想挣够了钱才见她。真的，他说“真的”时候，那撮胡子真的跟着抖动起来。

跳跳点点头，她就当他说的都是真的。

看着跳跳时尚的打扮穿着，小陈有点儿局促不安，“你现在做些啥？”

跳跳说：“去了你就知道。”

他们一起吃了晚饭。之后他们去夜总会。跳跳自己要了间包厢，喊了个大方的小姐妹，然后对小陈说：“现在她是你的。”跳跳自己拿起麦克风唱起了歌曲。

小姐妹搂着小陈。小陈脸看着唱歌的跳跳。突然，他将那小姐妹推了出去，骂了声：“他妈的！”

弄了个仰面朝天的小姐妹不由破口大骂：“王八蛋！”

跳跳走过来安慰小姐妹离开包厢。再进来时，跳跳冷冷地对着激动的小陈说：“你不该这样对她。这里的客人没有这样不礼貌的。”

小陈捏住跳跳的肩，“跳跳，你到底搞什么鬼？”

“还不明白吗？”她有点儿厌倦地扭过头去，一副不想多说的样子。

想必他已经明白了，用颤抖的声音问：“那——我呢？”

你——？跳跳想想，说：“我差点儿把你忘了。”

“你这个——婊子！”小陈骂着，甩门走了出去。

你有种，就不要再来找我了？跳跳站在那儿，突然内心非常的疼痛，刀绞似的。她却想笑，可惜笑不出来；她又想哭，但找不到由头。

44

跳跳搬家了。她怕影响小娜。小娜说："没关系吧。"

"陈光棍会找我的。"跳跳吐了个烟圈，一个很优雅的圆圈，漩涡一样飘动。

"你怕了他？"

跳跳笑一笑，"说得上吗？"

跳跳搬到另一处高档公寓，这次是"光头"给找的地方。跳跳从不心疼花"光头"的钱，逮着个机会使劲儿花。

跳跳也不再在那家娱乐城坐台了。无聊了，可以去其他的高档娱乐场所。夜半归来，睡不着，跳跳就听"相伴到黎明"，听别人讲私人生活，好或不好。碰到哭哭啼啼的，跳跳就换频道。上午爬不起来，继续睡，直到想起来的时候为止。

起了床的跳跳，坐到梳妆台前，打开镜子，看见镜中那个睡肿了眼睛的女人。摸摸脸颊，自我如此的陌生，仿佛这并不是跳跳。睡梦中的跳跳，还是个采摘杜鹃花的小姑娘。在春天爬满了山坡时，蹦蹦跳跳地去采下许多的花，一束一束，插在"娃哈哈"的瓶子里，"爸，你看，好红的花啊。"那时候，故乡的田野里、山坡上、小河边，是满眼的绿树红花，火的热情、绿的纯净。

找不着自己，跳跳就坐在地板上，呆呆望着窗外的日头，抽烟。当烟雾弥漫了整个房间时，一切在烟雾中若隐若现，跳跳眼圈里偶尔才可能会湿润起来。窗外远方马路上是积木般大小的车流，路两旁是行走的人群，这一切，那样的让她感到孤独。只有想到家，跳跳心里才微微悸动，才会逐渐温暖起来。一个有"家"的人，是很难真正放得下的。

三弟已经到城里读高中了，全是跳跳出的钱。为奖赏弟弟，跳跳还给他寄去了手机。因为他的同学都有了，她希望他活得不要那样寒酸。寒酸会让人自卑，自卑就没了太多的斗志和勇气。跳跳说，你不要讲给老爸。“谢谢你，二姐。”弟弟在电话里感激不已。他都懂礼貌了，长大了，跳跳想着，心情也会好一些。还有爸爸的病，跳跳已经有一些能力了，可是跳跳不敢。爸爸是聪明人，假使知道跳跳有几十万的钱，一定会怀疑的。假使爸爸知道她——唉，这比要了他的命还不得了。无论如何，还是等两年吧。再想想那时候，要是和小陈在一起，靠着劳动挣多些钱给爸爸治病，该有多好？两个人在这座城市幸福地过日子，牛郎织女似的，有个好家庭，有个好孩子，那样的生活……可现在，跳跳，你还要谁的喜欢，又可以喜欢谁？一切都不可能了。

45

小娜来电话说：“陈小光真的又来找你呢，在小区外守了好几个白天黑夜的。他好像很舍不得你啊。”

跳跳说：“别理他。”小陈，还能指望什么呢？

陈小光给她来过不少的电话，一概被她转入了秘书台。等他想到用其他电话拨给她时，跳跳已经连陌生电话都一概不接了。

陈小光就发短信，各种各样的短信，在早晨、午后、深夜。她无聊时也看一看，发得多了，就挑挑拣拣地回一个。比如：曾经有一份真挚的感情放在我面前，我没有珍惜，等我失去后才后悔莫及。人世间最痛苦的事莫过于此。如果上天能给我一个再来一次的机会，我会对你说三个字：我爱你。如果非要在这份爱上加上一个期限，我希望是一万年！

确实很感人的“大话”，明知道煽情，跳跳还是会怔怔地看那么一会儿，也回他一个短信，说：一万年不要，一百年就够了。

陈小光回信说，好的，一百年，那你在哪儿？

哪儿？一概不回这类消息了。跳跳跟小陈玩着这样的迷藏，像是闹着玩儿，又像有点儿认真的气息，断断续续，没完没了的。

46

这一年深秋，梧桐树叶好像落得特别多。衡山路旁那光秃秃的梧桐枝桠，张牙舞爪地对着冰凉的天空，了无生机。日子，就这样地过了，那时候 KTV 里还流行唱着刘若英的“有些人，一旦错过就不再”。跳跳喜欢这首歌，不过歌词到跳跳那里，就成了“有些人，一旦碰到就使坏”。假如有人到 KTV，当听到这样的歌词，那个唱歌的女孩应该就是跳跳了。

当老陈阴魂不散地出现在跳跳面前时，跳跳唱的就是这首歌。老陈把跳跳从一帮姑娘里找出来时，就像他从一堆烂冬瓜中逮到那个垂涎已久的西葫芦。老陈得意忘形地说：“跳跳，想不到吧？”

“你跟踪我？”

“别这么难听嘛，我也是一直在找你，时时关心你。”

跳跳笑一笑。

老陈细细打量着跳跳，嘿嘿笑起来。

跳跳看他，一年不见，那头上的毛发愈见少了，人也分明老了许多。

现在，老陈拉了跳跳的手，捏了跳跳的胸，捏着摸着并笑着，表情神经病似的。

跳跳听之任之，专心唱着那首歌，——“有些人，一旦碰到就使坏。”

老陈又喝着啤酒，嗝出了几口酒气后，说：“跳跳，没想到你做了这个，你放心，我不会讲给你表姐的，她不是个好女人，户口想尽办法过来了，就和我离婚了。”

“多谢你了。”跳跳说着，陪他干了一杯。

兴致勃勃的老陈喝得神魂颠倒的样子了，颤着舌头说：“今夜跟我去，怎么样，我包你，连包三夜。”

“我很贵。”跳跳淡然地说。

“多少都行，我出！”老陈把跳跳的手抓得紧紧的，好像很怕她不肯应允。

“好啊。”跳跳笑起来，往老陈怀里靠过去。

“当上小姐就不一样，你变化太大了，不是原来的跳跳了。”老陈感叹着。

跳跳上洗手间，拿出了手机。现在，她可以用上这个人了。

跳跳最后说：“陈小光，你要是个孬种，仨人一起上床好了！”说到这里，跳跳的声音哽咽了，眼泪滴落了下来。好像很久都没有眼泪了，差不多大半年吧？这还是原来的跳跳吗？为什么有时候发觉自己还是原来的那个跳跳？为什么这样呢？

老陈搂着跳跳走出娱乐中心的大门，离他的小轿车还有那么几米远的距离时，突然有东西迎面扑过来。老陈仅仅“哎呀”了一声，就一阵天昏地暗，啥也不知道了……

47

老警察说，你要如实回答，并对回答的话负法律责任。另一个小警察就问，你叫什么？

跳跳。

是大名，身份证上的。小警察皱了皱眉头。

宁小远。

哪里人？

跳跳就告诉了他家乡。

你知道为啥把你带到这里来？

我让陈小光打他爸爸，是吗？跳跳问。

听到这里，老警察眼神就少了几分严厉。小警察看了看老警察，接着问了，你确定是你让陈小光打他爸爸？

差不多是。

是就是，不是就不是，没有差不多是。

那就是。

陈小光和你啥关系？

以前的男友。

现在呢？

没什么来往。

现在你有新的男友吗？

没有。

你为啥要陈小光打他爸爸？

他该打。

他爸爸和你啥关系。

他要我出台。

啥叫出台？

就是——睡觉去。

这种睡觉，就是卖淫嫖娼，你知道吗？

知道。

你答应和他出台了吗？

答应了。

那为啥让陈小光打他？

他该打。

为啥该打？

他欺负我。

他怎么欺负你了？

他？跳跳一时不知从何说起，也不知道警察问这么多干吗。于是，跳跳从来上海说起。

那小警察都要记不过来了，不断地提醒：你挑重点的说。

跳跳不知道什么才是他们要的重点，总之和盘托出。

老警察坐在一旁眼睛也听大了，叹了好几次气。显然，他更像在听一个少女的成长史。小警察弄得满头是汗，说事情太多了，没法记了。老警察说，那挑她说的重点记吧。

等问话结束时，小警察拿起记录纸，差不多20来张了。他走过来递给跳跳，说，你核查一遍，如果记录属实，每一张上捺指纹确认。

恩，我确认。跳跳说，脸上的泪珠滚了下来。

一切完毕，小警察说，根据你的陈述，由于你有指派他人违法犯罪行为的嫌疑，今晚需要拘留你。

跳跳顿时懵了，忐忑地跟着小警察走出审讯室时，却看见戴着手铐的小陈正被带了进来。看见她，小陈显得有些兴奋，大声喊：“跳跳！”

跳跳哆嗦了一下，她不知道小陈怎么还能这样兴奋？

48

有惊无险。跳跳是第二天上午恢复自由的。

老警察说，那陈小光是个有前科的人，他供认自己要打的，与你没关系。小姑娘，在外不容易，一路走好。

“是我让他过来的，否则不会的。”跳跳难过地说。

“咳，算了吧，刑事呢。”

“求你帮个忙，带我去看他一眼好吗？”

那陈小光，很悠然。听到跳跳喊他，赶忙趴在了窗口，对着跳跳发笑。

“陈小光。”跳跳声音有点儿颤抖。

陈小光仍只是笑，充满爱意的笑。

跳跳无话可说，心里就是难受。

陈小光终于不笑了，“跳跳，你说，我是个男人吗？”

跳跳垂下头，默默点了两下。

“你说啊，要说啊！”陈小光急切地叫。

“你是，陈小光。”跳跳带着哭腔大声说着，人已经转身往外走了。身后，是陈小光的笑声，爽爽朗朗的。

她模糊的眼前，马路纵横交错，密如蛛网。仿佛刹那间，她回到了从前，看到了那个采摘杜鹃花的小姑娘。

那时候，故乡的田野里、山坡上、小河边，是满眼的绿树红花，火的依然热情、绿的依然纯净。

尾 声

这里的每一个人，
都不属于这座城市。
某年·某月·某日，
走过浮生，
迭代风景。

后 跋

大约是8年前，我出第一本文集时，刚搬到一个新建的小区——金沙雅苑。

8年后，又要搬了，在上海这座求新求变的城市。繁忙之余，多少天的挑灯夜战，有了新的文稿。我觉得这是再一次的改变。

我甚至很清晰地看到笔下的人物和架构的故事，还有诸多方面的不足。如果重新来过，我一定会写得更好。然而，我并不打算重来，我以为这就是生命成长的过程。

如果你喜欢心理活动，应该看上篇《马甲》；如果你喜欢看故事，应该看下篇《跳跳》。而此后再写小说，我相信，一定会又不一样了。

就在这段日子里，我的家庭遭遇了很多的变故。而正准备为本书作序的老先生，也生病住院了。一时间，多人住院，让我突然对岁月有了一种莫名的心悸。

你们——太不懂得珍惜光阴了。在这段日子里，我很想对我的孩子说。

然而，我们不都是这样成长过来的吗？那些天生早慧的孩子，毕竟少数。是什么时候才能够觉醒生命的脆弱与倔强？类似我这样的对社会抱有长久的天真的普通人，实在是多。

在我的第一本文集里，我感谢了许多的人。当我再次回想起那些认真的犹如录入史册的感谢时，突然觉得过于吝啬。

我眼中的这个世界，因缘际会。没有无来由的爱，也没有无来由的恨，更没有无来由的相聚或是别离。所有的聚散，都是命运的安排。因此，我要感谢的是生活，感谢走入我生命中的每一位——菩萨，感恩每一位——善缘。

这一切的念想，源于我对佛家慈悲的崇拜，对如何能够得到“平等正觉”的仰望。我一直在努力地探索自我，改变自我，从心性上不断地纠正自我的戾气。

很多时候，我都在提醒自己，不要去伤害任何一个生命。我想，人们之所以不够默契，不够合拍，是因为还不够了解。我更需要的是，静静地做好自己，一如静静地写下一本书。

如果，有一天，一本书能装得进人类所有的悲伤，或者快乐。

8年前，我来到了一家地产公司工作。这是一个不短的岁月，且是正青春的时光。似乎转眼，我已趋向不惑之年。我很感谢这家公司，有很厚道的老板，有很善良的情怀，让我看到了生命中那些生生不息的理想可以迸发出无穷的光辉。

我想，未来我会继续写下去的，利用生命中能够找得到的一些闲暇时光：自强不息，厚德载物。

亲，谢谢你。我就这样结束跋文吧。